Coleção

Mensagem para você
© Ana Maria Machado, 2007

Diretor editorial	Fernando Paixão
Editor-assistente	Fabricio Waltrick
Assessoria editorial	Gabriela Dias
Preparadora	Cristina Yamazaki
Coordenadora de revisão	Ivany Picasso Batista
Revisoras	Márcia Leme
	Cátia de Almeida

ARTE
Editor	Antonio Paulos
Diagramadora	Thatiana Kalaes
Editoração eletrônica	Vanderlei Lopes

CIP-BRASIL. CATALOGAÇÃO NA FONTE
SINDICATO NACIONAL DOS EDITORES DE LIVROS, RJ

M129m
2.ed.

Machado, Ana Maria, 1941-
 Mensagem para você / Ana Maria Machado; ilustrações de Cris Eich. – São Paulo: Ática, 2008.
 178 p. : il.; - (Ana Maria Machado)

 Inclui bibliografia
 ISBN 978-85-08-11331-6

 1. Literatura juvenil. I. Título. II. Série.

07-3015.   CDD 028.5
           CDU 087.5

ISBN 978 85 08 11331-6 (aluno)
ISBN 978 85 08 11332-3 (professor)
Código da obra CL 736024
CAE: 216457 (aluno)

2023
1ª edição
10ª impressão
Impressão e acabamento: Gráfica Elyon

Todos os direitos reservados pela Editora Ática S.A., 2008
Avenida das Nações Unidas, 7221 – CEP 05425-902 – São Paulo, SP
Atendimento ao cliente: 4003-3061 – atendimento@atica.com.br
www.atica.com.br

IMPORTANTE: Ao comprar um livro, você remunera e reconhece o trabalho do autor e o de muitos outros profissionais envolvidos na produção editorial e na comercialização das obras: editores, revisores, diagramadores, ilustradores, gráficos, divulgadores, distribuidores, livreiros, entre outros. Ajude-nos a combater a cópia ilegal! Ela gera desemprego, prejudica a difusão da cultura e encarece os livros que você compra.

Coleção

Mensagens estranhas invadem os computadores, celulares e outros aparelhos de Soninha, Zé Miguel, Mateus, Fabiana, Guilherme e Robinho, atravessando tempos e distâncias. Ora quem escreve assina como rainha egípcia Nefertiti, ora se faz de Marco Polo. Também diz ser um navegador português, um escriba de um mosteiro medieval e até se passa por amiga da escultora Camille Claudel... Cada mensagem parece vir de épocas diferentes. Como isso é possível? Seria um vírus? Ou um *hacker*?

    Além de tudo, ele (ou ela) insiste num papo esquisito sobre escrita e leitura: hieróglifos em tablitas de argila, manuscritos medievais, um *rap* estranho falando de morte, mas também de poesia. O que está por trás desse enigma?

    Com esta aventura, Ana Maria Machado nos revela que o tempo e a tecnologia nos separam dos escribas de outrora. Mas o valor do conhecimento e da leitura permanece o mesmo.

Sumário

1. *Um vírus misterioso* 9
2. *O gozador erudito ataca novamente* 23
3. *Talvez uma pista* 33
4. *Dose dupla* 45
5. *Uma questão de estratégia* 53
6. *Mensagem na garrafa* 69
7. *Modelo de quê?* 83
8. *A amiga de Camille* 97
9. *Ritmo, poesia e morte* 113
10. *Uma janela congelada* 123
11. *Gregório Alvarenga oferece* 135
12. *Como num filme* 153

Notas para quem se interessar 163

anamariam**a**chado *com todas as letras* 165

Biografia 166

Bastidores da criação 170

Obras de Ana Maria Machado 173

1 *Um vírus misterioso*

— O melhor trabalho foi o do grupo do Guilherme.

Quando ouviu o professor de história fazer aquele anúncio, Gui até levou um susto. Os outros deviam estar muito ruins mesmo. Sinceramente, tinha consciência de que o grupo dele se atrapalhara com o tempo e deixara muita coisa para fazer em cima da hora. Tinha certeza de que tudo havia ficado meio improvisado. Sabia perfeitamente que no último dia, quando saíram da casa da Soninha, praticamente expulsos pela mãe dela porque já estava tarde, ainda faltava organizar todos os textos no computador antes de imprimir. Faltava também completar um monte de coisas. Era impossível ter ficado bem-feito.

Não dava para entender como um professor exigente feito o Meireles considerava um trabalho daqueles o melhor da turma.

Guilherme olhou para Zé Miguel, que fazia uma cara de espanto maior ainda. E a mesma expressão se repetia nos outros componentes do grupo — Mateus, Fabiana e Soninha. Esta, então, cobria com a mão a boca aberta, mas os olhos arregalados eram o retrato de uma surpresa total. Mais do que ninguém, ela sabia como aquele trabalho sobre os egípcios tinha ficado uma colcha de retalhos. Lembrava como tinha trabalhado sozinha até de madrugada no computador, depois que os colegas foram embora. Havia ficado tão cansada que teve dificuldade até para ordenar as páginas impressas. E, no fim, ainda tinha sobrado um trecho que ela não conseguira identificar. Soninha não sabia qual dos colegas havia escrito aquele texto e mandado para ela, nem como aquilo fora parar ali e nem mesmo a que se referia. Não conseguira encaixar no trabalho e acabou tirando, como acontece nos desenhos animados com quem se mete a consertar relógio e, quando dá por encerrado, percebe que ficaram de fora umas molas e rodinhas.

O professor Meireles continuou o comentário:

— Apesar de um pouco mal estruturado…

("Claro", pensaram todos, "ficou mesmo uma bagunça.")

— … está muito interessante e bastante original…

("Quem diria, hein?")

— … principalmente a parte sobre a experiência monoteísta de Aquenaton.

("Epa! Quem será que fez essa parte? Isso eu nem vi", foi o pensamento geral do grupo.)

— Só não vou dar a nota máxima porque às vezes está um pouco confuso…

("Bota confusão nisso", foi o que cada um pensou, sem precisar nem trocar palavras.)

— ... e porque não fez referência às fontes utilizadas para essa parte da pesquisa. Mas a ideia de incluir esse tema foi inesperada e criativa, e o assunto foi muito bem introduzido. Vou ler o início do trecho para que todos da classe possam avaliar.

Enquanto todo o grupo concordava — mentalmente — com o fato de que nenhum deles tinha a menor noção sobre o que o Meireles estava falando, o professor limpou a garganta e começou a ler:

— "Embora em vossos dias..." Quer dizer, *nossos*. Esse erro de digitação tinha me escapado.

Interrompeu-se e corrigiu no papel com a caneta. Depois recomeçou:

— "Embora em nossos dias o nome do faraó Tutancâmon tenha se tornado muito conhecido e o transformado numa verdadeira celebridade após a descoberta de sua tumba e da fabulosa

riqueza do tesouro nela encerrado, a verdade é que para os seus contemporâneos ele não tinha muita importância. Assumiu o governo ainda adolescente. Era fraco, meio doente e sem expressão. Reinou durante pouco tempo e morreu antes de completar 20 anos. Chegou ao trono por meio de uma série de intrigas palacianas. Foi apenas um joguete na mão de forças políticas e religiosas interessadas em recuperar o poder que seu antecessor limitara e que lhes escaparia para sempre se não tratassem de depor o antigo faraó. Por isso precisavam ostentar todo aquele esplendor a fim de que a imagem de Tutancâmon pudesse impressionar o povo. Desse modo, todos se esqueceriam de Aquenaton, o faraó deposto. Seus inimigos estavam convencidos de que assim aconteceria. Mas a História não pôde esquecê-lo. Era um homem culto, um pensador. Com ele, pela primeira vez, se formulou a ideia de um deus único — Aton, o Sol. Ao substituir os diversos cultos tradicionais aos deuses pela adoração à luz, ao calor e à energia concebidos como fonte de toda a vida na Terra, Aquenaton revelou possuir uma mente muito à frente do seu tempo. Valorizou também o papel das mulheres. Sua esposa, a rainha Nefertiti, teve parte ativa na elaboração do governo e da nova doutrina. Sabia escrever e compôs vários hinos religiosos e poemas, celebrando Aton e a natureza."

Enquanto o Meireles lia, o grupo do Guilherme continuava a se entreolhar. Nenhum deles pesquisara aquilo. Não se lembravam de ter visto aquele assunto entre os que revisaram e resumiram antes de sair da casa da Soninha. Claro, só podia ter sido ela! Na certa, depois que saíram, ela encontrou aquilo em algum livro ou na internet e resolveu incluir por conta própria. Ainda bem que deu certo.

O professor continuava:

— Não vou ler o trabalho todo agora, queria só dar um gostinho a vocês. Depois dessa introdução, eles descrevem os princípios que norteavam a nova religião, as dificuldades que Aquenaton teve de enfrentar por causa de sua crença, a mudança da capital que ele promoveu, os interesses econômicos que contrariou, os choques que enfrentou com todos os poderosos. O texto ficou realmente muito interessante. Eu mesmo aprendi umas coisas. Sobre Nefertiti, por exemplo. Eu até me envergonho de dizer que ignorava quase tudo. Rainha notável do Egito, além de Cleópatra, eu só conhecia bem Hatsepshut, que chefiou exércitos, mandou uma expedição marítima fazer uma viagem em torno da África e foi muito poderosa, de forma excepcional. Mas da Nefertiti eu só sabia que havia sido casada com Aquenaton. E era tão bonita que sua efígie continuava a fascinar a humanidade pelos séculos afora. Talvez a imagem de seu rosto traga até nossos dias a face mais bela que os antigos nos legaram.

Alguém devia ter feito uma piadinha no fundo da sala, porque se ouviram uns risinhos. Mas o Meireles ignorou por completo a brincadeira e não interrompeu o falatório. Continuou, todo animado:

— Uma escultura da cabeça de Nefertiti, no museu de Berlim, é uma das peças mais deslumbrantes e bem conservadas que nos restaram da Antiguidade. Mas eu desconhecia por completo o papel intelectual de Nefertiti, e também sua originalidade. Ela foi a única rainha do Egito a ser retratada em baixos-relevos em meio a cenas domésticas e afetivas, ao lado do marido com as princesas no colo, evidentemente conversando e brincando. Fui conferir na literatura especializada e encontrei informações sobre isso tudo, confirmando a importância de Nefertiti que vocês apontam em seu trabalho. Descobri até na biblioteca uma novela contemporânea muito gostosa de ler (e bem fininha, convém lembrar aos preguiçosos) sobre esse período, escrita pelo Naguib Mahfuz[1], um romancista egípcio que ganhou o Prêmio Nobel de Literatura em 1998. Enfim, temos que reconhecer que esse grupo fez um belo trabalho. Vocês estão mesmo de parabéns. Onde encontraram isso tudo?

Silêncio. O professor repetiu a pergunta. Guilherme respondeu, desconversando:

— Ih, professor… A gente pesquisou tanta coisa que nem dá pra lembrar. Pode ser que um de nós tenha anotado em algum canto. Mas acho que jogamos fora… Desculpe.

— Uma pena, Guilherme. Isso não se faz. Não é científico e prejudica um bom trabalho. Não esqueçam o que eu sempre recomendo: podem pesquisar na internet, mas faço questão de que citem de onde vem a informação, para que eu possa avaliar a credibilidade. Da mesma forma, a bibliografia é indispensável. É sempre necessário identificar a fonte, citar a referência. Por uma questão de honestidade, mas também de responsabilidade profissional. Dá mais consistência ao trabalho e pode ser um diferencial significativo numa época de leviandades superficiais.

E lá veio o Meireles com toda aquela conversa que ele adora, repetindo pela enésima vez que o mais importante que a escola tem para ensinar não são as informações, mas a formação de atitudes sociais dignas, a transmissão de valores éticos, o rigor e o entusiasmo na busca do conhecimento. Todos já ouviram aquilo milhares de vezes. Quando ele se empolga com esse discurso, parece que não vai parar nunca.

Guilherme desligou mentalmente e ficou pensando na estratégia que usaria para passar de fase num novo jogo de computador que ganhara dois dias antes. Como sempre, Fabiana desenhava num papel, como se fosse estilista de moda. E Mateus sonhava com o sanduíche que ia comer na cantina da escola, pois estava morrendo de fome.

Ainda bem que a aula acabou e era hora do recreio.

Correram todos para cercar Soninha.

— Valeu! Você salvou a pátria!

— De onde você tirou aquela história do deus Sol? — quis saber Mateus.

— E aquela coisa do modelo de beleza? — Fabiana na certa já queria perguntar sobre maquiagem ou moda no Egito Antigo. Só pensava nesse assunto.

— Não faço a menor ideia — garantiu ela.

No começo, os outros não acreditaram. Mas Soninha insistiu:

— De verdade. Depois que imprimi tudo, fui dormir. No dia seguinte, antes de vir para a escola, corri para arrumar as folhas impressas e reparei que tinha umas coisas meio estranhas, que eu não lembrava nem de ter visto antes nem de ter discutido com ninguém. Achei que eram uns textos que estavam no meio de algum documento que um de vocês havia mandado por *e-mail*. Separei o que eu achei que não tinha nada a ver, mas deixei aquilo, porque falava de um faraó. Afinal de contas, o trabalho era sobre o Egito Antigo, e estava curtinho demais. Então achei que mais um faraó bem que podia reforçar e acrescentar mais umas linhas…

— E o resto? Os outros textos que você separou? — perguntou Mateus, brincalhão. — Será que não baixou também um trabalho de química prontinho? A gente vai ter de entregar o da Nanci no fim do mês, esqueceu?

— Não — disse ela. — Tinha uns poemas, uma carta, não lembro bem. Tudo bobagem. Joguei fora.

Depois que chegou em casa, porém, Soninha continuou pensando naquilo. Tinha ficado curiosa. Agora queria reler. Não devia ter dispensado tudo assim, sem mais nem menos, e jogado os papéis no lixo.

Mas será que tinha jogado mesmo? Talvez tivesse só deixado de lado, para usar o verso do papel como rascunho — como todo mundo costumava fazer na casa dela. Foi procurar. E acabou encontrando os textos na pilha de papéis usados. Não sabia se estava tudo completo, mas logo reconheceu um poema, porque estava impresso no mesmo tipo que ela usara no trabalho do Meireles:

Cada dia quando chegas
E nos chamas com o canto dos pássaros,
Tudo em ti é alegria,
Ó deus único que secas nossas lágrimas!
Ó deus que ouves o silêncio dos pobres!
Ó formoso e magnífico!

Cada dia quando estendes tua rede de luz,
E aqueces o mundo com o calor de teus raios,
Tudo em ti nos traz vida,
Ó deus único que nos alimentas!
Ó deus que amadureces as colheitas!
Ó formoso e magnífico!

E o poema continuava por várias estrofes meio parecidas.

Havia também a tal carta. Bom, não exatamente uma carta, porque não tinha data, cabeçalho nem assinatura. Também não era um *e-mail*, pois não tinha toda aquela identificação das mensagens eletrônicas. Mas era na primeira pessoa e se dirigia a alguém:

Desculpe, eu sei que não devo me meter.

Você está tão cansada que fiquei com vontade de ajudar, perdoe-me. Lembrei de minhas filhas, tão queridas, com quem eu adorava brincar e a quem sempre tive muito prazer em ensinar tudo. Aliás, há dias que vos observo, ou melhor, vejo vocês mexendo com esses assuntos tão próximos a mim e sinto-me também perto de vocês. Ou de vós, nunca sei direito como dizer. Algumas coisas são difíceis — e isso de tu, você, o senhor, vós, vocês, às vezes, me atrapalha. Mas os tratamentos entre as pessoas eram muito mais difíceis antes, então devo reconhecer que no decorrer de todo esse tempo essa situação se simplificou.

Já que resolvi me manifestar, porém, vou falar a verdade. Não é só vontade de ajudar. Também é vontade de me mostrar um pouquinho — se você conseguir entender. Se vocês conseguirem. Se vós conseguirdes. E eu quero me mostrar porque me orgulho muito de escrever, como podeis imaginar.

Agradeço sempre a meu pai por ter tido a coragem de me ensinar. Sei que ele não foi o único. Outros escribas também ensinaram as filhas a escrever. Eu mesma estava ensinando minhas meninas a decifrar os sinais da leitura quando fomos tão brutalmente interrompidos pelos acontecimentos políticos que se precipitaram em nossa cidade. Mas eram raros esses casos. Primeiro, ensinava-se a desenhar. Sempre o primeiro passo, essencial. Eu tinha um estojinho lindo, de madeira, comprido, onde podia guardar os cálamos — que seriam depois chamados por vós de pincéis ou canetas, creio. Eram feitos de hastes de junco. Uns tinham as extremidades achatadas para se abrirem um pouco em leque, eram bons para pintar. As pontas dos outros eram afinadas, a fim de ficar agudas, melhores para riscar. A tampa do estojinho deslizava e se abria para mostrar quatro cavidades redondas, onde eu guardava os pigmentos. O estojo de meu pai tinha nove cavidades, pois, como ele trabalhava no palácio, usava muitas cores. A maioria dos escribas só tinha duas, para o preto e o vermelho. Esse estojo foi um dos meus maiores tesouros, mesmo levando em conta todas as maravilhas que eu tive depois que cresci. Sempre adorei desenhar e pintar, aproveitava qualquer concha, qualquer caquinho de pedra ou cerâmica para treinar. A minha mãe deixou que eu pintasse algumas pedras da parede de nossa casa. A pintura preferida dela era um hipopótamo dentro d'água com a boca meio aberta. E a que mais me agradava era a de uma ave entre os juncos, na beira do rio.

Pintar e desenhar bem era muito importante para aprender a escrever de uma forma que todos pudessem entender. E nem todos os sinais eram simples como o disco solar. Já imaginou: querer desenhar um chacal e sair um gato? Ou um falcão e sair uma codorna? Ia mudar todo o sentido e virar outra palavra. Afinal, nossa escrita era feita de desenhos, e não de letras como a vossa. Por isso eu precisei treinar muito. Porém, quando eu já estava quase do tamanho da sua irmã menor, meu pai me ensinou a sentar no chão com as pernas cruzadas, como os escribas devem fazer para poder desenrolar o papiro aos poucos e ir desenhando os sinais com todo cuidado, de cima para baixo, da direita para a esquerda. Lentamente, aprendi a formar as palavras. Meu pai era escriba do palácio, um homem importante, e me treinou muito bem para que eu segurasse o cálamo de forma correta e fizesse os gestos com a precisão adequada.

Os escribas eram sempre homens. Eu sabia que a atitude de meu pai era um ato de coragem e uma prova de amor: ensinar uma menina a ler e escrever. Por isso, quando cresci e me casei, pude fazer uma coisa muito boa: escrever as palavras dos hinos que eu mesma inventava e cantava. Cantar, tocar e dançar faziam parte da educação das meninas. Era como tecer e bordar. Mas ler e escrever? Muito poucas sabiam. Agradeço a meu pai.

Nunca me senti tão importante como no dia em que consegui escrever meu nome e, no final, traçar com firmeza o risco do cartucho, aquela moldura com extremidades arredondadas que usamos em volta do nome das pessoas, para protegê-lo. Não vai dar para fazer isso agora no seu computador. Mas se você quiser ver, ou vocês quiserem, ou vós quiserdes, eu deixo aqui um link. É só entrar no site e navegar até achar "Nefertiti".

"Ih, alguém está gozando com a minha cara...", pensou Soninha.

Era melhor não tocar no assunto com mais ninguém. E esperar para ver se o gozador ia aparecer de novo.

Mas nada impedia que procurasse o tal *link* que era de um portal de um museu, na parte de egiptologia. Mais especificamente, sobre escrita egípcia. A página tinha uma porção de coisas sobre os hieróglifos, os sinais usados na escrita do Egito Antigo. Havia uma lista com um monte desses desenhinhos e os sons de seus equivalentes aproximados nas línguas modernas. E havia também umas explicações mais gerais, como a informação de que os nomes próprios eram sempre circulados por uma moldura oval. Ou melhor, em forma de retângulo com os cantos arredondados, com um risco reto na base. O tal "cartucho". Bem como estava descrito na mensagem que Soninha acabara de ler.

Depois ela descobriu uma coisa que a deixou bem mais curiosa. Num cantinho, dizia assim: **Quer ver como se escreviam alguns nomes famosos? Clique aqui.** Ela clicou e apareceu uma lista: Cleópatra, Ptolomeu, Ramsés, Tutancâmon, Tutmés... E lá no meio, como se estivesse piscando para ela, destacava-se Nefertiti.

Soninha selecionou o nome com o cursor e clicou de novo. Na tela, apareceu:

Um gozador erudito. Ela é que não ia pagar o mico de sair contando aquilo para os outros. Mas ficou curiosa para descobrir quem estava querendo se divertir às suas custas.

2 O gozador erudito ataca novamente

— Tchau, já estou em cima da hora — disse Andreia, saindo apressada para não perder a carona. — Caíque já deve estar quase chegando.

Era assim todo dia. O despertador tocava, mas ela não levantava logo. Levava ainda um tempão na cama, cochilando e se espreguiçando. Depois, de repente, parecia que tinha posto uma pilha. Despencava para o banheiro, ligava um som animado, tomava uma ducha, vestia-se em minutos e ficava naquela correria, sem tempo nem para sentar e tomar seu café da manhã com calma. Engolia meio copo de leite às pressas e já ia embora, com um biscoito ou uma fruta na mão.

Mas, dessa vez, Andreia ainda deu uma paradinha antes de sair porta afora, a caminho da carona com Caíque para o trabalho no escritório de advocacia do doutor Braga — ela falava daquilo não como se se tratasse apenas de um estágio, mas como se fosse a função mais desejada do mundo, na empresa mais importante do planeta. Virou-se para as duas irmãs sentadas à mesa e disse:

— Ih, Soninha, estou há dias para te dizer e sempre esqueço. Acho que seu computador está com um vírus...

Também em cima da hora de ir para a escola e ainda meio dormindo, a menina nem respondeu. Não entendia como é que a irmã podia acordar tão acesa, falando pelos cotovelos daquele jeito. Soninha era mais lenta, despertava devagar, aos poucos. Só ficou meio chateada com a informação. Um vírus? Essa não! Tomara que não fosse verdade. Ou, se fosse, torcia para não ser alguma coisa grave. Seu computador nunca tinha sido infectado por um vírus, mas ouvia cada história... Qual seria o problema?

Ia ter de chamar Zé Miguel para ele dar um jeito de fazer uma limpeza, como tinha feito no computador do Mateus. Ele era fera em informática. Pensando bem, pedir ajuda ao Zé Miguel era uma excelente ideia, mesmo que não houvesse vírus nenhum. Era um bom pretexto para ele vir à casa dela.

Deu uma provadinha no café com leite e constatou que a bebida tinha finalmente chegado à temperatura de que ela gostava — nem quente de pelar a língua, nem fria de dar engulhos. No ponto exato.

Suspirou e pensou em Zé Miguel outra vez. Ou ainda. Ultimamente era assim. A toda hora se pegava pensando no Zé. Desconfiava que ele também estava no ponto exato de que ela gostava. Mas, puxa, como é que a gente faz quando de repente descobre que o melhor amigo, colega de tantos anos, está deixando de ser apenas o melhor amigo? Um garoto novo é mais fácil, pinta logo um clima, tem uma troca de olhares e de frases com duplo sentido. Fica evidente para os dois. Faz parte do que todo mundo espera: os dois se conhecem, se escolhem, pode rolar alguma coisa. Mas alguém que estudou na mesma sala a vida toda? Desde o primeiro dia da escola? É difícil mudar de repente. Talvez ela precisasse do que eles discutiram na aula de português outro dia: uma nova imagem. Dar uma injeção de novidade na velha forma de comunicação, que nem esses caras de publicidade fazem com produtos tradicionais. E até com políticos, como viram na aula. A professora tinha pedido ao pessoal para dar uns exemplos e foi uma festa: todo mundo falava ao mesmo tempo, lembrava de mais alguém ou alguma coisa. A Fabiana viera mais uma vez com aquela conversa de *top models* e a importância de cuidar da imagem pública, porque mesmo um erro pequenino pode estragar uma carreira. O Mateus começara logo a falar na campanha eleitoral e a dizer que...

— ... logo no nosso?

A voz da Carol interrompeu seus pensamentos.

— O que foi que você disse? — perguntou Soninha à irmã menor.

— Estava mesmo distraída, hein? Parece que está pouco ligando para o que suas irmãs dizem.

— Deixa de onda, Carol. O que é que as minhas irmãs têm a ver com isso?

— Tudo, né? A sua irmã mais velha acaba de dizer que nosso computador está com um vírus. E a sua irmã mais moça ficou querendo saber como foi que ela descobriu. Você pode não ligar a mínima, mas eu não acho certo. A Andreia não tem nada que ficar se metendo nas coisas da gente.

Isso mesmo. Taí uma coisa em que Soninha não tinha pensado. Mas era obrigada a reconhecer que Carol tinha toda razão. A família possuía um computador muito mais moderno e poderoso, de uso geral, na mesa do pai. Mas a Andreia se apossara dele. Às duas irmãs menores restou o velho PC que ficava no quarto delas. Um verdadeiro dinossauro, que levava horas para fazer qualquer coisa. Mas havia uma vantagem: era delas e só delas.

Andreia não precisava. Tinha uma mesa com seu próprio computador, no escritório de advocacia onde fazia estágio. E, quando levava muito trabalho para casa no fim de semana, ainda podia pegar emprestado o *laptop* do namorado. Caíque vivia oferecendo. Para que viera xeretar o delas?

— Tudo bem. Você está certa. Vou perguntar pra Andreia.

— Perguntar só, não — corrigiu Carol. — Dar uma boa bronca.

— Isso, dar uma bronca, deixe comigo. Vou ter uma conversa séria com a Andreia. Hoje mesmo.

Mas foi só no dia seguinte, porque naquela noite Andreia chegou tarde. Mesmo assim, mais uma vez o encontro foi de manhã, em volta da mesa da cozinha, enquanto tomavam café. Soninha já ia esquecendo, meio com sono. Mas Carol não deixou passar:

— Andreia, a Soninha quer falar com você sobre o nosso computador.

Na mesma hora, a irmã mais velha desandou a falar:

— Foi bom mesmo você tocar nesse assunto. Eu é que estou querendo falar com as duas, é um absurdo vocês deixarem as coisas chegarem a esse ponto. Computador é uma coisa cara, não é brinquedo de criança. Quando dá algum probleminha, a gente tem que chamar logo a assistência técnica.

As duas mal conseguiram respirar diante de tanto falatório. Parece que a conversa não estava saindo como Carol imaginara. Para começar, os papéis estavam invertidos. Quem estava dando tal bronca era Andreia, que continuou:

— Primeiro eu achei que era só bobagem, um vírus à toa, por causa daqueles sinaizinhos malucos que ficaram aparecendo na tela. Foi por isso que eu falei ontem de manhã. Só mais tarde, quando cheguei ao escritório e fui revisar os termos da petição com o Caíque, é que ele estranhou e me perguntou o que era aquilo no meio do meu texto. Foi então que eu vi o que tinha acontecido. Morri de vergonha. Eu, toda dedicada a uma coisa séria, de trabalho, passar um vexame daqueles... Ele foi muito educado, não brigou comigo, mas claro que estranhou eu ficar misturando uma argumentação bem fundamentada, um longo histórico da jurisprudência em casos semelhantes, com a bobajada de vocês que se meteu ali no meio. Francamente...

— Dá para explicar direito o que aconteceu? — Soninha tentou ser mais objetiva.

Pousando na mesa o copo vazio de suco de laranja e se preparando para sair, Andreia continuou:

— Eu fiquei dias mergulhada em livros e navegando pela internet. Tive o maior trabalho de pesquisar os antecedentes de nossos argumentos no direito romano, no código de Hamurabi, em um monte de lugares, e aí ficou aquela palhaçada de criança se metendo no meio... Ainda bem que o Caíque descobriu antes que a gente entregasse tudo ao doutor Braga, porque senão...

Enquanto falava, Andreia remexia na pasta, separava uns papéis, pegava duas folhas e as deixava em cima da bancada da cozinha, apoiando o açucareiro em cima para que elas não voassem. Sem nem dar tempo para que uma das irmãs conseguisse dizer alguma coisa, ela já tinha escolhido uma maçã no cestinho sobre a mesa. Parada junto à porta, prestes a dar uma dentada na fruta e sumir em direção ao elevador, disparou:

— Eu devia ter jogado fora, mas por respeito a vocês trouxe tudo de volta. Está aí. Tchau, que estou morrendo de pressa.

E saiu.

— Você nem perguntou o que ela estava fazendo no nosso computador — reclamou Carol. — Ela não pode...

— Não enche, Carol — interrompeu Soninha, levantando devagar e andando até a bancada da pia.

A menor calou a boca. O mau humor matinal de Soninha era seu velho conhecido e não exigia qualquer provocação para se manifestar. O que a surpreendia era ver a irmã se levantar e ir buscar as folhas de papel. Meio como se fosse um zumbi, é verdade. Mas, mesmo assim, estava se mexendo muito mais do que costumava fazer àquela hora da manhã. Melhor esperar um pouco pelo que viria depois.

Soninha voltou com as duas folhas de papel, sentou-se de novo e começou a examiná-las com atenção. Na primeira havia uma lista. De compras, talvez, mas meio esquisita. Uns artigos loucos, umas quantidades malucas. E com uns preços pirados, numa moeda estranha. Então não era lista de compras. Ninguém escreve o preço para se lembrar de comprar algo. O que seria aquilo? Tinha os seguintes artigos[2]:

30 ovelhas
20 fardos de lã de Anatólia
2 pentes de lã
2 pentes de cabelo
3 colheres de pau
2 teares de madeira
1 caixa de madeira cheia de fusos
15 tecidos de boa qualidade

Carol continuava atenta, mas Soninha lia em silêncio. Não disse nada, intrigada com aquilo, sem entender coisa alguma. Pente de lã e de cabelo? Como é que pode? Será que alguém ia pentear carneiros? Ou os tecidos feitos nos tais teares de madeira?

Depois, passou para a outra folha. Havia uma mensagem como a da egípcia, que aparecera no trabalho de história: sem indício de ser *e-mail* e sem cabeçalho de correspondência. Desta vez, começava numa linguagem como a que a Andreia costumava usar no trabalho dela. Mas logo mudava:

Mais uma vez me desculpo pela intromissão e insistência, porém espero que com a repetição deste procedimento eu possa contar com vossa compreensão.

Fico sumamente satisfeita por verificar que nosso modelo jurídico continua despertando vosso interesse, mesmo depois de tanto tempo decorrido. Todos nós nos orgulhamos muito do trabalho de codificação que o grande rei Hamurabi, pastor de nossa salvação, fez ao reunir por escrito as leis que nos regem, a fim de orientar a estrita disciplina e a boa conduta de nosso

povo. Mas eu queria vos contar, ou lhes contar (afinal, vocês são mais moças do que eu, e muito menos antigas, portanto, creio que nesse caso é preferível chamar-vos, ou chamar as senhoras, de vocês), algo de que muito me envaideço: sou apenas uma mulher do povo, mas também sei escrever. Esse é meu orgulho pessoal. Não sei utilizar esses termos complicados dos códigos (ou não sabia, mas agora, nestas ondas etéreas, qualquer escriba se contamina com todas as linguagens à sua volta, em estado de virtualidade, e acabo até tentando). Nunca tive a profissão de escriba, mãe da eloquência, pai do saber, uma delícia da qual ninguém se sente saciado, como diz um poema escrito à sua glória. Aprendi, no entanto, as noções básicas e sempre soube formar na argila das tablitas as palavras essenciais da minha função. Quando meu marido saía em caravana para negociar com mercadores de outras terras, eu é que me encarregava de redigir as mensagens necessárias a seus contatos comerciais, e também de manter em ordem toda a escrituração dos nossos negócios, sobretudo no que se referia a tecelagens. Eu é que lhe lembrava exatamente das mercadorias que outro mercador levara na caravana e ainda faltava nos pagar, por exemplo. E não era a única. Algumas outras mulheres também faziam isso, afinal, nós é que sempre tecemos e entendemos de tecidos e fios. Era nossa produção. Sempre foi

assim. Por isso, em nosso povo — que inventou a escrita antes de qualquer outro, convém sempre lembrar —, várias mãos femininas aprenderam a usar os diferentes tipos de cálamo de que precisávamos. Bem afiados para riscar, de ponta triangular para calcar os caracteres na argila mole, ou com a cabeça redonda para fazer os números.

Mas nada disso interessa mais agora. Meu saber cresce e se transforma em qualquer escrita que vos possa chegar por computador. Hoje eu desejava mostrar-vos como sei escrever e como isso me deixa contente. De uma alegria que se sustenta pelos séculos afora, mesmo que eu não redija códigos jurídicos e saiba que é apenas a pesquisa que vos traz até mim neste instante, num tempo em que mulheres já estudam códigos, fazem leis e podem julgar.

Pronto, era só isso. Acabava a página e o texto.

Talvez houvesse outra folha, que Andreia não guardara. Talvez não.

Mais uma vez, o que Soninha tinha diante dos olhos não era exatamente uma carta ou um *e-mail*, mas sim uma mensagem de alguém que se dirigia diretamente a um leitor. E sem saber como tratá-lo, confundindo vós e vocês. Só que agora não se apresentava como Nefertiti nem vinha com conversas egípcias. Preferia ficar com esse papo de advogado e leis, e falar nesse tal de Hamurabi. Por quê?

Ou seja, o vírus do gozador erudito voltava a atacar. Mas dava mais pistas. Agora Soninha já se interessava de modo diferente. Podia falar com Zé Miguel e pedir a ajuda dele.

3 Talvez uma pista

— Sabe que está parecendo com um vírus que eu já conheço?

Soninha ficou duplamente contente quando ouviu Zé Miguel dizer isso. Tinha acabado de contar, muito por alto, que seu computador estava com um problema: de repente, mostrava mensagens de um gaiato se fazendo passar por alguém de outra época. Achava aquilo meio incrível e esquisito, e tinha um pouco de medo de que o amigo risse dela e não a levasse a sério.

Era um alívio perceber que mais alguém já enfrentara algo parecido. E era muito bom que Zé Miguel já tivesse algum conhecimento sobre um vírus parecido. Podia ajudar a resolver.

Antes mesmo de que ela o chamasse para ir a sua casa ver o computador, ele já estava se oferecendo:

— Posso ir lá dar uma olhada?

— Claro, quando você quiser.

— Fiquei supercurioso. Talvez agora eu possa entender melhor, porque da outra vez não consegui nada. A sorte foi que, de repente, do mesmo jeito que veio, o problema sumiu. Não consegui nem mostrar para o pessoal da assistência técnica da escola.

— E por que você ia mostrar à escola? — quis saber Soninha.

— Porque foi num computador da sala de informática, eu não te disse?

Não, não tinha dito. E havia outras coisas que Zé Miguel também não explicara e foi revelando aos poucos. Agora a menina já sabia que o problema tinha acontecido lá mesmo no Colégio Garibaldi, num daqueles poucos aparelhos de uso coletivo, que não descansam nunca, com dezenas de crianças e adolescentes se revezando no teclado durante as aulas de informática.

— Mas o que foi exatamente que te aconteceu? — perguntou.

— Bom, não foi exatamente comigo. Mas eu vi.

Fez uma pausa e começou a contar. Com uma pergunta:

— Você conhece o Robinho?

— Claro, Zé Miguel, quem não conhece?

O Robson não era aluno da escola, mas todos o conheciam. Um dos orgulhos do Colégio Garibaldi era o cursinho noturno comunitário dado pelos alunos do segundo grau para os adolescentes de uma favela na vizinhança. A escola cedia as salas, os estudantes davam as aulas sob a coordenação de alguns professores. A ideia era fazer um trabalho voluntário que ajudasse a preparar os jovens mais carentes das redondezas para o vestibular, aumentando a oportunidade de eles entrarem em uma faculdade. Um convênio com a universidade dos padres, no mesmo bairro, garantia uma bolsa para os aprovados e comple-

Mensagem para você **35**

tava o projeto do cursinho. Soninha dava aula de história toda quarta-feira à noite.

Robinho era aluno dela no cursinho. Um bom aluno, diga--se de passagem. Além disso, era excelente jogador de futebol e estava sempre batendo bola com os estudantes do colégio na quadra do Garibaldi. Volta e meia, quando havia uma partida importante com algum time de fora, até os professores de educação física tratavam de infiltrar o Robinho na equipe do colégio. Um reforço valioso. Depois, saíam todos juntos para comemorar as vitórias ou esquecer as derrotas. Por isso Robinho era praticamente da turma, embora não estudasse no colégio.

— Pois é, o problema no computador aconteceu mesmo foi com o Robson — explicou Zé Miguel. — Ele estava com uma música nova e queria imprimir várias cópias da letra, para a banda toda...

Ah, porque, além de grande jogador, Robson era também compositor, apresentava um programa semanal na rádio comunitária da favela e ultimamente vinha fazendo uns *raps* irresistíveis.

— ... então me pediu para levar a letra para casa, digitar e imprimir no meu computador. Mas eu achei que a gente podia usar a sala de informática do colégio, era bem mais prático e rápido. Fiz tudo certinho, falei com o Tales, ele deixou, e nós dois nos encontramos no fim da tarde, antes de começarem as aulas do cursinho. Eu sei que o Robinho não tem muita prática com o computador e às vezes se atrapalha com alguns comandos, mas por isso mesmo achei que ia ser legal para ele. Já estávamos os dois por lá havia uma meia hora, cada um num computador, quando ele me chamou e disse que estava acontecendo uma coisa esquisita. Ele tinha digitado a letra da música inteira, toda de linhas curtinhas (sabe como é, um poema...), mas quando quis imprimir bateu em alguma tecla errada e o que estava aparecendo era outra coisa, um texto com linhas cheias, que ocupavam a tela até o fim. Achei que devia ser só algum problema de formatação e sentei ao lado dele para ver. Mas era mesmo outro texto. Aliás, apareceram dois textos. Primeiro, uma história sobre um velho que morava no alto do morro e tinha uns assassinos trabalhando para ele, para ajudar a manter o controle sobre umas entregas de mercadoria...

— Ih, Zé Miguel, que barra-pesada... — comentou Soninha. — Nem na hora de fazer uma música o Robinho consegue se livrar desses bandidos.

— Foi o que eu pensei quando li aquilo. Deu até medo. Como é que esses caras agora estavam entrando no sistema do colégio? E achei que era mesmo uma ameaça, que tinha tudo a ver com o que o Robinho estava dizendo na letra da música dele, que pedia para viver em paz e sem violência. Tipo aquele *funk*: "Eu só quero é ser feliz / andar tranquilamente na favela em que eu nasci". Com outras palavras e em outro ritmo, mas a mesma ideia. Achei que o pessoal do tráfico tinha conseguido invadir os computadores e queria assustar a gente.

— E não era isso mesmo?

— Sei lá, Soninha. O texto usava umas palavras esquisitas. Por exemplo, não falava em *bonde* para entregar a mercadoria, falava em *caravana*. Algumas coisas tinham a ver com a situação da gente, outras eram tão diferentes que pareciam de outro planeta, numa linguagem muito esquisita.

— Como assim?

— Calma aí, estou contando. Quando acabou aquela página e eu cliquei na setinha para passar para a seguinte, era uma carta.

— *E-mail*?

— Não. Uma carta ou mensagem, mas não dizia para quem era, nem tinha assinatura de ninguém. Mas a pessoa explicava que, quando era garoto feito a gente, assim da nossa idade, tinha saído viajando pelo mundo com o pai e o tio. Tinha morado muitos anos em uns países muito distantes, atravessado desertos e montanhas, cruzado mares e florestas, e chegado até o outro oceano.

E tinha visto muitas maravilhas. Falou que havia sido conselheiro e embaixador de um grande rei no Oriente e ficou contando um monte de vantagens que eu nem lembro mais. O Robinho depois lembrou que o cara até dizia que foi o inventor do macarrão, ou qualquer coisa assim. Mas de uma coisa eu não esqueci, porque a cada cinco linhas ele repetia: ele se orgulhava muito de saber escrever e estava todo exibido querendo nos mostrar isso...

— Igualzinho ao nosso gaiato erudito — comentou Soninha.

— Pois é, eu reparei nesse detalhe agora, quando você me contou sobre suas mensagens. Foi por isso que eu lembrei. E ele também disse que muito tempo depois, quando já estava bem mais velho e voltou de viagem, havia sido preso. E aí aproveitou para escrever um livro contando todas essas maravilhas. Na verdade, explicou até que esse livro fez muito sucesso no mundo todo, mas que ele não escreveu pessoalmente, só ditou para um companheiro de cela que era escriba profissional.

— Puxa, eu queria ter lido essa mensagem. Você não imprimiu?

— Nem me passou pela cabeça. Na hora eu só queria me livrar daquilo, voltar à página com a letra da música do Robinho. Até li e reli as duas páginas, mas depois fechei. E, como não guardei, devem ter sumido.

Soninha ficou desapontada. Já estava se animando com a ideia de poder comparar suas duas mensagens com essa outra. Insistiu:

— E o pessoal da assistência técnica?

— Bom, eu não entrei em muitos detalhes com eles. Fiquei com medo de acharem que a culpa era do Robinho e depois não quererem mais deixar que ele usasse o computador da escola.

Mensagem para você | **39**

Então só falei com o Tales assim meio de passagem, ele disse para eu ficar tranquilo, que ia dar uma olhada.

— E não achou nada? — quis saber a menina, mais esperançosa desta vez.

Afinal, o Tales entendia muito de computador, esse era o trabalho dele. Com certeza ia descobrir alguma coisa.

— Bom, no dia seguinte ele só disse que não tinha encontrado nada de errado. Falou que devia ser um trabalho de algum aluno que havia usado o computador antes e a gente acabou apagando. Na certa, o cara ia ficar furioso. E ficamos esperando que o dono do texto reclamasse.

Soninha estava curiosíssima. Mal aguentava esperar que Zé Miguel continuasse com seu jeito tranquilo de falar. Tentou apressar:

— E depois?

— Depois mais nada. Só isso. Até que hoje você me contou o segredo do nosso maravilhoso trabalho de grupo sobre o Egito Antigo. E mais a história da sua irmã com a carta dessa tal mulher que fazia lista de compras.

A menina olhou para ele e não se convenceu:

— Zé Miguel, eu confiei completamente em você e te contei uma coisa que não tinha contado para ninguém. Mas eu te conheço, a gente é amigo desde que se entende por gente. E eu sou capaz de garantir que você está escondendo alguma coisa. E não gosto nada disso.

Zé Miguel abaixou a cabeça, olhou para o chão um tempinho. Depois olhou bem nos olhos de Soninha, deu um sorriso daqueles que derretem qualquer sorvete, e confessou:

— É, você me conhece mesmo, não dá pra negar. Eu não ia falar porque não tenho certeza. É só uma ideia. Mas não quero que você se chateie nem ache que é falta de confiança. Confio inteiramente em você, que é minha amiga e uma menina superespecial. Então, vou dizer o que eu estou pensando. Só peço um favor: não leve muito a sério, porque eu posso estar errado e sendo injusto com alguém.

"Errado? Como? Se você acaba de dizer que eu sou uma menina superespecial... Não tem nada de errado nisso. Eu acho que em toda a minha vida as coisas nunca estiveram tão certas..."

Os pensamentos de Soninha giravam em torno dessa reflexão, do olhar bem fundo de Zé Miguel nos seus olhos e do sorriso que tomara conta do rosto dele.

— Na minha opinião, não é vírus. A gente está é lidando com um *hacker*. Sabe o que é, não? Um desses caras que conseguem invadir sistemas de computadores dos outros.

— Sei, já ouvi falar.

— E isso é crime, Soninha. Mesmo que seja só uma brincadeirinha, é errado e pode prejudicar muito os outros. Pode até ser pior, o sujeito talvez faça parte de uma quadrilha que rouba dinheiro de banco, prejudica empresas, mil coisas. A polícia vive atrás desse pessoal.

— Então pode ser perigoso?

— Poder, pode. Mas neste caso sinceramente não vejo como. Você tem razão quando achou que alguém estava de gozação, metido a gaiato, querendo se divertir. Pelo jeito, parece mesmo que é só isso. Mas depois do que você me contou e do que eu estou podendo comparar entre as duas histórias, acho que a gente agora tem algumas pistas desse *hacker* que você está chamando de gaiato erudito. Lembro muito bem que, na mensagem que o Robinho e eu lemos, o cara falava que a terra dele era Veneza.

— Você acha que é um italiano? Que é por isso que a linguagem dele era meio esquisita? A gente conhece algum italiano? Não estou lembrando. Mas ele pode estar mentindo, pra disfarçar... — Eram muitas ideias ao mesmo tempo e Soninha até se atrapalhava um pouco.

— Não, Soninha, pensa bem. Nós sabemos quem é esse cara de Veneza porque estudamos isso. Mas muita gente não sabe e então essa história toda não ia adiantar nada pra fazer gozação com a cara dos outros. Só funciona com o pessoal da nossa turma. Você lembra? Num dos livros que lemos para as aulas da Marisa no ano passado...

Ela pensou, mas não lhe ocorreu nada de imediato, tinha alguma lembrança muito vaga. Zé Miguel continuou provocando sua memória:

— Quem foi o grande viajante que saiu de Veneza ainda garoto, percorreu todo o Oriente, foi conselheiro e embaixador do imperador Kublai Khan, na volta foi preso e na prisão escreveu *O livro das maravilhas*?

— Marco Polo! — exclamou ela. — Como é que eu não pensei nisso antes?

— Mas pensou agora, isso é que importa.

— Só não entendi por que isso pode ser uma pista.

Zé Miguel hesitou um pouco antes de continuar.

— Bom... é uma pista muito leve. Pode não ser nada. Mas esse gaiato que está gozando com a nossa cara já falou no Egito e na Nefertiti. Aliás, tão bem que nosso grupo tirou a melhor nota no trabalho. Depois, atacou de Babilônia e código de Hamurabi para cima da sua irmã advogada, que entende de leis, e agora vem de Marco Polo conosco. Lembra do velho da montanha que tinha um monte de matadores a seu serviço? Bem como Marco Polo contou, lembra? E ainda fala de morro, de assassinos e mercadorias, justamente quando o Robinho estava escrevendo um *rap* que tem a ver com isso. Ou seja, quando ele se mete, tem sempre alguma relação com a gente.

Zé Miguel fez uma pausa, respirou fundo e continuou:

— Por isso eu estou achando que é alguém que nos conhece, Soninha. Mas também leu um bocado de livros e conhece história muito bem. Estou desconfiando do Meireles.

— Ele não conhece minha irmã. Como é que ia mandar mensagem pra ela?

— Mas ela estava no seu computador e, se ele é um *hacker* e entrou lá, deve ter lido o tal documento que ela estava escrevendo. Então viu que ela estava fazendo uma pesquisa sobre o código de Hamurabi e aproveitou para falar no assunto.

— Será? O Meireles? Sei não...

O professor de história? Não, isso não convencia. Afinal de contas, como Soninha argumentou:

— E por que o Meireles ia fazer uma coisa dessas? O que é que ele ganha com isso? Qual o interesse dele em nos ajudar e dar uma nota tão boa para o nosso grupo? Logo o nosso, que deve ter feito o pior trabalho...

Foi a vez de Zé Miguel ficar pensativo.

— É... Nesse ponto, você tem razão. Não faz sentido. Não tinha pensado nisso. E não combina com o Meireles, todo chegado a dar lição de moral. Mas esse *hacker* é alguém que conhece bem história, de verdade. Tanto quanto ele.

Ficaram um pouco em silêncio, e depois Soninha chamou:

— Então vamos lá em casa para você ler os textos e examinar bem o computador. Depois, eu prometo, não vou só ficar te explorando. A gente ouve um CD novo que eu ganhei e faz um lanche superespecial.

Ele entendeu a brincadeira, porque deu um sorrisinho e disse:

— Especial como nós dois. Vamos lá.

4 Dose dupla

Leram e releram as mensagens e os textos. No entanto, por mais que se esforçassem, não chegaram a nenhuma conclusão. Resolveram passar logo ao tal lanche superespecial e ao CD novo, em meio a conversas especialíssimas, como dois velhos amigos, cheios de afinidades, que aos poucos vão percebendo novos encantos um no outro. Muito aos poucos — até demais, principalmente para o gosto de Soninha, que não tinha mais dúvida de que estava mesmo começando a gostar de Zé Miguel e torcia muito para ele estar sentindo o mesmo por ela.

Acabaram não falando mais do misterioso invasor de computadores. Pelo menos, não naquela tarde.

Durante alguns dias, não houve mais nenhuma novidade estranha no computador e eles aos poucos foram se esquecendo do gaiato erudito. Só no sábado da semana seguinte foi que o assunto surgiu de novo. Em dose dupla.

Quando o telefone tocou de manhã na casa de Soninha, ela mal acreditou no que Zé Miguel lhe dizia:

— Você tem alguma coisa programada para hoje? Posso passar aí daqui a pouco? A gente pode até sair em seguida. Tenho novidades pra te contar. Mas tem que ser pessoalmente.

Ela disse logo que não tinha nenhum plano para o sábado e prometeu esperar o amigo. Mas tinha. Na verdade, dois programas. Fabiana viria almoçar em sua casa, porque queria conversar com Andreia. Uma conversa muito séria, ela explicara. E depois do almoço a irmã mais velha ia levar todas ao shopping, para fazer umas comprinhas e ir ao cinema.

Mas um encontro com o Zé Miguel tinha prioridade. Sem dúvida alguma.

Soninha desligou o telefone, correu para o chuveiro e gritou para as duas irmãs na sala:

— Não vou poder sair com vocês hoje, não. Vamos deixar as compras para outro dia. Ou então vocês vão sem mim.

Carol amarrou a cara. Ir sozinha com a irmã mais velha não tinha graça nenhuma, melhor desmarcar de uma vez. Mas Andreia bem que gostou:

— Ótimo! Assim eu não preciso ficar à disposição de vocês. Aproveito que papai me emprestou o carro e vou resolver umas coisas que eu queria mesmo fazer.

Foi também se arrumar.

Voltando do banho, Soninha se lembrou de Fabiana. Tentou sugerir que a irmã ficasse em casa para almoçar e conversar com a amiga, mas a proposta não despertou o menor entusiasmo. O jeito era ligar para Fabiana e desmarcar.

— Tudo bem, Soninha, não se preocupe — concordou a outra. — A gente deixa para outro dia. Eu não tenho pressa mesmo, esse negócio já tem um tempão e só agora foi que eu criei coragem para falar...

Dava para sentir o desapontamento na voz dela. Soninha ficou meio arrependida. Até aquele momento, nem ligara para o assunto das duas, não era mesmo com ela. De repente, porém, se preocupou. Afinal, Fabiana e Andreia mal se conheciam, não eram da mesma idade nem da mesma turma. O que a colega podia estar querendo com sua irmã mais velha?

— Tem certeza? Tudo bem mesmo?

— É... Era só uma coisa profissional. Na verdade, acho que eu vou telefonar depois para o trabalho da Andreia e tentar dar uma passada lá no escritório dela. Assim a gente pode conversar melhor.

Ih... Coisa séria. Muito pior. Se Andreia era advogada e Fabiana estava precisando dela... Devia haver algum problema. Soninha hesitou. Não queria se meter e precisava respeitar o fato de que Fabiana não lhe tinha feito nenhuma confidência. Ao mesmo tempo, não queria deixar a amiga na mão.

— Escute, Fabiana, eu falei que surgiu um programa de repente e é verdade. Mas se você quiser eu posso desmarcar e você se encontra logo com minha irmã. Ou se você estiver com algum problema e eu puder ajudar, é só pedir. Sou sua amiga, estou aqui para o que der e vier, não esqueça.

— Não, não, tudo bem... — a menina negava, mas o tom de voz não revelava firmeza.

Parecia hesitar, mas depois continuou:

— Na verdade, eu queria falar com ela sobre umas coisas que eu tenho de pesquisar em direito. E ela é a única advogada que eu conheço. Mas fica pra outro dia, tchau.

E desligou. Não deu nem tempo de Soninha corrigir e dizer que Andreia era só estudante de direito. No último ano e fazendo estágio num escritório, mas não era advogada. E que história era essa de pesquisa? As duas eram da mesma turma, nenhum professor tinha mandado fazer algum trabalho que precisasse dessas coisas. E Fabiana não tinha a menor pretensão de fazer vestibular ou estudar direito um dia. Se tinha alguém no Garibaldi com ideia fixa em matéria profissional, era ela: "Quero ser modelo". Pesquisar algumas coisas em direito? Não combinava.

Ia fazer um comentário com as irmãs, mas justamente nessa hora o interfone tocou e Andreia atendeu.

— É aquele seu colega, o Zé Miguel. Está subindo.

Carol implicou:

— Ah, então foi por isso que você mudou de ideia e resolveu não sair com a gente, né? Ai, já sei, é por causa do Zé Miguel… Agora é tudo assim, Zé Miguel pra cá, Zé Miguel pra lá…

— Deixe de bobagem — cortou Soninha. — Ele veio me ajudar naquela história do vírus do computador.

Ouvindo isso, Andreia se interessou.

— E por falar em vírus, você nem imagina… — e desatou a falar.

Enquanto Carol dava risinhos irônicos de gozação, como quem não acreditava em nenhuma desculpa para aquela visita matutina, e Soninha ia abrir a porta para o menino, a irmã mais velha começou a comentar com detalhes outro caso de vírus que o namorado lhe contara.

Só depois de algum tempo, com Zé Miguel já na sala, foi que prestaram atenção direito no que Andreia dizia, sentada numa poltrona, abrindo uma revista:

— ... bem parecido mesmo com aquele do seu computador. O cara estava desesperado. Caíque acha que é um *hacker*, mas num cartório isso pode ser complicadíssimo. Já imaginou o sujeito entrando em tudo quanto é documento? Caíque ficou dizendo que era bom falar com o tabelião e chamar a polícia, mas o escrivão está com medo de botarem a culpa nele, acharem que foi ele que quebrou alguma coisa.

Soninha e Zé Miguel se entreolharam. A menina perguntou à irmã:

— O que é que você estava dizendo? Dá pra repetir?

— Não presta atenção no que a gente fala e depois fica querendo saber... Eu não tenho botão de *replay*, não, ouviu? — respondeu a outra meio chateada.

Zé Miguel interferiu, tentou defender a amiga:

— Não, a culpa foi minha. Eu é que tinha acabado de chegar, não reparei que vocês estavam conversando e fiquei falando com ela ao mesmo tempo, me desculpe.

— Está bem, eu repito. Eu estava dizendo que vocês precisam mesmo consertar esse computador de uma vez, antes que o vírus se espalhe por todo canto. Eu acho que contaminei o Caíque e ele passou para o cartório, isso é muito contagioso. Daqui a pouco vira uma epidemia.

Ela falava como se fosse um vírus mesmo ou uma bactéria que estivesse transmitindo uma doença de uma pessoa para outra. Mas Zé Miguel se interessou e insistiu, fazendo perguntas. Dessa vez, Andreia resumiu. Contou que Caíque e um cliente foram fazer uma escritura num cartório e no meio do documento havia aparecido uma folha estranha, que não tinha nada a ver, uma espécie de carta de algum engraçadinho. O escrivão ficara todo aflito, brigando com as pessoas em volta, achando que alguém estava querendo pregar uma peça nele.

— E você guardou esse papel? Ou jogou fora?

— Que papel? A escritura? Está guardada, é evidente. O cliente levou tudo. O Caíque deu um jeito e ficou tudo certinho. Ele é ótimo, sabe? Supercompetente, atencioso...

— Não. A escritura, não. A brincadeira do engraçadinho.

— Ah... Acho que o Caíque guardou, sim. Me lembro até que ele disse que podia ser útil.

— E você acha que se eu pedir ele deixa eu ver?

Ela ficou séria:

— Claro que não, que ideia! Sigilo profissional. Importantíssimo. Um cuidado fundamental por parte de qualquer advogado. Isso é do interesse exclusivo do cliente. Ninguém tem nada que ficar vendo documentos dos outros.

Soninha conhecia o desligamento da irmã. Já tinha notado que ela estava de novo distraída, conversando e folheando a revista ao mesmo tempo. Achou melhor explicar:

— Não, Andreia, ninguém está querendo ver documento nenhum. O Zé Miguel só quer ver a tal carta do engraçadinho, para estudar o vírus. É apenas uma curiosidade técnica. Pode ser que isso ajude a consertar meu computador. Será que você não pode dar a ele o telefone do Caíque? Assim os dois conversam e se entendem.

A irmã mais velha anotou o número num papel e passou para o menino, enquanto Soninha pegava a mochila. Depois, mergulhou de novo na revista enquanto os dois saíam.

Zé Miguel estava animadíssimo.

— O gaiato erudito ataca novamente... — brincou ele, quando entraram no elevador. — Agora as coisas ficam mais fáceis. Assim que eu soube, quis vir te contar.

— Assim que você soube? Mas, se a Andreia acaba de nos contar, como é que você sabia?

— Eu não sabia. Esse é um novo ataque. O que eu vim te contar foi no computador do Guilherme. Pelo jeito, agora é em dose dupla.

Ou tripla. Mas a essa altura, ninguém ainda desconfiava que Fabiana estava com um problema parecido.

Talvez até dose quádrupla. Mas das novas desventuras do Robson seria ainda mais difícil desconfiar. Só ficariam sabendo algumas semanas depois.

5 Uma questão de estratégia

O Guilherme é maníaco por jogo. Qualquer jogo. Mas, sem dúvida, prefere os eletrônicos.

Na certa, se pudesse, passava as vinte e quatro horas do dia na frente de uma tela jogando, perseguindo, escapando, fazendo ponto, morrendo, passando para a fase seguinte, planejando jogadas, batendo recordes. Até parece que televisão e computador são apenas a periferia de um monitor. O Gui não vê filme nem programa cômico, não assiste a noticiário, não liga a mínima para os clipes das bandas que todo mundo quer acompanhar. Só um ou outro conjunto metaleiro muito de vez em quando. Liga a tevê para ver esporte — tudo quanto é jogo, de tudo quanto é tipo. Futebol, basquete, vôlei, até xadrez, sinuca e golfe (quando tem transmissão dessas coisas num canal da TV a cabo). O Mateus jura que um dia desses flagrou o Guilherme prestando atenção num campeonato de dominó, pode? Só podia ser gozação. Ele quase não navega na internet, nem passa horas conversando com os amigos na rede. Na maior parte do tempo, só fica desligado do mundo, jogando horas a fio. Paciência, quebra-cabeça, o que tiver pela frente. Mas é claro que prefere jogo de computador, sempre. Ou, muito de vez em quando, uma daquelas intermináveis partidas de RPG que se estendem por dias, com um monte de amigos jogando dadinho, fazendo papel de heróis ou inimigos, alternando silêncios e gritarias.

A turma acha que o difícil é alguém conseguir ganhar do Gui, com tanta prática de jogo eletrônico. Tem reflexos rápidos e muita precisão. Os amigos já nem gostam muito de disputar jogo de ação com ele, porque perde a graça. Ele sempre vence. É um campeão.

Só que em jogo de estratégia às vezes ele não é tão bom assim, principalmente nas fases mais difíceis. Não tem muita paciência. Nesses casos, gosta de chamar alguém que ajude no planejamento e com quem ele possa aprender a se tornar ainda melhor. Alguém como Zé Miguel, por exemplo, capaz de ficar um tempão em silêncio, analisando as alternativas para decidir qual vai ser mais interessante num jogo que está imaginando e que já pode estar horas adiante, só dentro de sua mente. O Zé chega a interromper o jogo, sair da sala, ir fazer um sanduíche, voltar comendo e ainda ficar um tempão pensando no próximo lance. E, no fim, dá certo. Então o Guilherme às vezes gosta de jogar contra ele, cada um na sua casa, em um computador

Mensagem para você | **55**

diferente. É emocionante encontrar um adversário forte de vez em quando. Outras vezes, porém, ficam os dois sentados lado a lado, diante do computador do Gui, só jogando contra o sistema. Nessas horas, Zé Miguel é precioso. Aumenta muito as chances de vitória.

Pois fora justamente num dia assim que o gozador erudito resolveu se manifestar mais uma vez.

Os dois amigos estavam disputando um jogo novo, todo cheio de obstáculos diferentes. Era um disco importado que o padrinho do Guilherme comprara numa viagem a São Paulo. Todo passado na Idade Média, logo a época preferida do Gui. Cheio de cavaleiros, armaduras, cercos a castelos, justas com lanças, torneios com bandeiras tremulando ao vento, damas presas em torres, poções mágicas, dragões, Cruzadas, pergaminhos com iluminuras, magos, encantamentos, calabouços. Um monte de coisas. Dava para jogar horas, sempre com elementos novos, sem repetir quase nada.

Por isso o Zé Miguel foi ficando, ficando e passou o dia inteiro na casa do Gui. Foi assim que acabou vendo uma mensagem que surgiu de repente na tela, vinda do nada. O amigo já estava pronto para apagar e jogar fora. Graças à rápida intervenção do Zé, no entanto, deu para proteger o texto por alguns minutos — tempo suficiente para ler e reler, antes que tudo sumisse, num gesto rápido e incontrolável que a impaciência do Gui se encarregou de fazer a fim de voltar logo à tela principal.

— Eu não posso dizer que deu pra decorar, mas prestei bastante atenção e acho que consigo repetir em linhas gerais — explicou Zé Miguel, a caminho da casa do Guilherme, ao contar para Soninha o que tinha acontecido.

Como a menina logo percebeu, ele não a chamara exatamente para fazer um programinha de sábado, desses de cinema e lanche, como ela chegara a imaginar, cheia de esperanças. Mas era evidente que queria sua companhia e estava valorizando a ajuda dela no desafio de tentar descobrir o que estaria por trás do mistério do gaiato intrometido.

— E você acha mesmo que foi um novo ataque do vírus? Do gozador erudito?

— Acho que sim. Mas o Guilherme garante que não pode ser, que aquele é um disco com memória só para leitura, não dá para ninguém se meter no meio. Não recebe mensagens pela internet.

Fez uma pausa e continuou:

— Só que teve uma coisa diferente. Dessa vez ele aproveitou o monitor, mas na verdade usou outro caminho. A mensagem não veio pela internet, veio pelo jogo, o que no fundo eu acho bem parecido. Só que usou um personagem.

— Como assim? — quis saber a menina, cada vez mais curiosa.

Já estavam quase chegando à portaria do prédio de Guilherme e iam tentar repetir a experiência. Pelo menos, essa era a ideia. Talvez desse certo. Quem sabe?

Zé Miguel já havia lhe contado, em linhas gerais, o que acontecera no dia anterior. Agora explicava que no jogo do Guilherme havia vários personagens. Dependendo da situação, o jogador (ou os competidores, se fossem mais de um, mas não era o caso porque daquela vez eles eram um só, jogando em dupla contra o computador) poderia ser prejudicado por alguém e perder certas vantagens. Mas também poderia ganhar pontos e ficar com o direito de buscar ajuda para enfrentar algum perigo especial. Esses aliados podiam ser outros guerreiros, um cavaleiro misterioso ou, por exemplo, um mago. E tinha sido justamente na torre de um desses magos ou alquimistas que a mensagem se manifestara.

— Mago de caldeirão, chapéu pontudo, capa de estrelas? O Guilherme fica brincando com essas coisas? — estranhou Soninha.

Zé Miguel disfarçou, como se estivesse prestando atenção na luzinha do elevador, que já vinha chegando ao térreo. Na verdade, estava vacilante. Queria que Soninha respeitasse o jogo como coisa séria, de adulto, e não o encarasse como brinquedo de criança. E para não se meter em encrenca também precisava evitar que, daí a pouco, ela fizesse essas perguntas ao Guilherme. No fim de alguns segundos, respondeu:

— Não se impressione com isso, Soninha. Esses jogos são todos assim, mas é só cenário. São muito difíceis e elaborados, complicados como xadrez. Puxam pela inteligência, exigem raciocínio matemático desenvolvido...

— E capa com estrelinha? — insistiu ela, com ar brincalhão.

— Bom, não vi capa nenhuma, a situação que estávamos vivendo era no interior de um castelo. O mago não ia sair, estava dentro da torre. Vai ver só usa capa pra se agasalhar quando tem mau tempo. Mas tinha caldeirão, sim. E chapéu pontudo, um monte de vidros com uns líquidos coloridos borbulhando, uma coruja num poleiro. E um livrão aberto.

— Com receita de feitiço? E varinha de condão? — brincou Soninha.

Estava cada vez mais surpresa com esse repertório de brinquedos do Guilherme, um cara às vezes tão gótico, que gostava de se vestir de preto e era fã de umas bandas meio *punk*. Tão metido a adulto em tanta coisa e agora descoberto em pleno universo dos contos de fadas, daqueles que ela e as amigas já tinham deixado para trás havia tanto tempo.

Meio impaciente, Zé Miguel respondeu:

— Como é que eu vou saber? Não fiquei folheando nada. Estava na tela, esqueceu? Mas de repente o livro girou, mudou de posição, ficou bem de frente para nós, com as páginas abertonas, e deu para ler a mensagem. Você vai continuar querendo se informar sobre detalhes do figurino e da decoração ou quer que eu diga o que deu para ler?

Ela percebeu o leve tom de irritação na voz dele.

— Não, desculpe, pode contar. O que estava escrito na mensagem? Diga logo.

Mas não deu para ser logo. Bem nesse instante, a mãe do Guilherme abriu a porta do apartamento e os chamou para entrar, toda sorridente.

Só alguns minutos depois, após uma conversinha social na sala, é que os três amigos conseguiram se instalar diante do computador e a menina repetiu a pergunta:

— Mas, afinal, que mensagem misteriosa foi essa que vocês leram?

— Bom — explicou Zé Miguel —, era um texto numas letras meio esquisitas, todas enfeitadas, com a primeira maiúscula da página disfarçada no meio de uma ilustração cheia de dourados, vermelhos e azuis.

— Gótico — esclareceu Guilherme, especialista em Idade Média. — Essas letras se chamam caracteres góticos. E essas ilustrações assim são iluminuras.

— E o que estava escrito?

Zé Miguel respondeu:

— Começava com duas frases que eu lembro direitinho: *Para vocês eu conto. Não sou quem todos pensam que eu sou.*

— Legal! — exclamou Soninha. — Um personagem misterioso. Mas pode muito bem fazer parte do jogo. Se ele só roda *off-line*, então já veio no disco.

Guilherme concordou:

— Também achei. Mas logo vimos que não era.

Zé Miguel esclareceu melhor:

— Foi a primeira coisa que eu também pensei. Só que, em seguida, ele pedia desculpas por se meter no nosso jogo e interromper o que estávamos fazendo. Explicou que não tinha outro jeito, porque precisava se comunicar conosco e só pela internet não estava funcionando.

— Aí eu logo vi que não tinha nada a ver e quis apagar — interrompeu Guilherme. — Vê se no meio de um jogo medieval alguém ia falar em internet? Mas o Zé não deixou. E então desandou a aparecer mais letra, mais páginas. O cara contava uma história enorme, não deixava a gente jogar.

Os dois amigos relataram a Soninha que o misterioso autor do texto se apresentou, explicando que na verdade não era o mago que pouco antes eles tinham visto por ali no jogo. Era só um ajudante, ainda estava aprendendo os segredos da alquimia. Mas estudava muito, sabia ler e escrever, conhecia latim.

— Ficou o tempo todo explicando que lia bem e rápido, que estava acostumado a ler, tinha estudado num mosteiro, mas que naquele tempo quase todo mundo era analfabeto... — disse Guilherme.

— O vírus sempre vem com essa conversa — confirmou Soninha, com a segurança de quem estava falando de um velho conhecido. — E depois?

— Depois ele disse que muito, muito tempo antes, num dia em que o mago estava fazendo suas experiências em busca do elixir da juventude, havia ocorrido um pequeno acidente.

— Esse elixir é a tal pedra filosofal? — quis saber a menina. — Já ouvi falar nisso. É o que os alquimistas viviam procurando, não é?

Com um suspiro de paciência, Guilherme explicou que ela podia ter ouvido falar mas estava confundindo tudo. A pedra filosofal, uma misteriosa substância que seria capaz de transformar em ouro tudo o que tocasse, era uma pedra, naturalmente. Daí seu nome. Os alquimistas viviam fazendo experiências para ver se conseguiam descobrir a substância poderosa de que essa pedra era composta — e também tinham esperança de um dia alguém conseguir achar essa pedra em algum tesouro do Oriente ou coisa assim. Já o elixir da juventude era um líquido. Eram coisas completamente diferentes, embora alguns estudiosos acreditassem que a eventual descoberta da pedra fosse um passo fundamental para obter o elixir. Entre os objetivos da alquimia, estavam a descoberta da pedra e a do elixir — e também de outras coisas, como o moto-contínuo, uma máquina que se movimenta eternamente sem gastar energia. Mas eram metas distintas. A procura do moto-contínuo acabara ajudando a desenvolver a física. A busca do elixir e a procura da pedra filosofal contribuíram para descobertas químicas. Naquele tempo, a ciência ainda engatinhava, mas a alquimia fez várias pesquisas importantes. Não era só magia boba, como muita gente pensa. No fundo, os caminhos da humanidade...

"Chega!", quis gritar Zé Miguel, interrompendo.

Quis, mas não gritou. Não ia ser grosseiro com o amigo. Só disse:

— Desculpe, mas assim a gente está fugindo do assunto.

— Não sei por quê, só estou explicando como era essa história de alquimia na Idade Média para ela poder entender a mensagem do ajudante do mago.

— Pois é, mas agora já explicou, todo mundo já entendeu. Podemos continuar?

Meio chateado, Guilherme fez um gesto com a cabeça, dizendo que sim. Zé Miguel prosseguiu, contando que o ajudante de mago relatara que uma vez, quando o alquimista estava fazendo uma experiência, um pouco do líquido tinha respingado em cima dele. Fora um acidente pequeno, mas deixara consequências e as gotas ficaram fazendo um pouco de efeito pelos tempos afora.

— O tal elixir da juventude? Então ele ficou com pele de bebê em alguns lugares do corpo, onde o líquido respingou, sem envelhecer nunca? — Soninha tentava imaginar como seria.

— Não, esse líquido não devia ser o elixir da juventude, ou da longa vida, como muitos chamavam — esclareceu Guilherme.

— Não podia ser. Mesmo porque essa substância nunca foi encontrada. Com os anos, os alquimistas até começaram a achar que ela não poderia mesmo ser fabricada, jamais. Deixaram de procurar. Mais tarde, ficaram só os exploradores buscando a Fonte da Juventude em terras distantes. Até aqui pela América, que naquele tempo ainda nem tinha sido descoberta. Mas, de qualquer modo, o que o aprendiz contou foi que respingou nele alguma coisa que estava sendo experimentada para entrar na composição do tal elixir. Pelo jeito, não influenciou a pele, como você imaginou, mas teve consequências no espírito dele. Algo muito mais profundo do que apenas um vestígio na superfície do corpo.

— Como assim?

— Pelo que o cara contou, Soninha, alguma coisa nele não morreu nunca. Pode não ter sido juventude, mas ele passou a ter uma sobrevivência eterna, uma longa vida, uma certa forma de imortalidade, sei lá.

— O cara é meio zumbi? Um morto-vivo?

— Não. Como o Guilherme já explicou, não é no corpo, não é uma eternidade física. É no espírito.

A menina sentiu um leve arrepio. Zé Miguel continuou:

— Alguma coisa mental, pelo jeito. Mas ele não chegou a explicar o que era. E é isso o que a gente quer ver se consegue descobrir.

— Isso mesmo! — concordou Guilherme mais animado. — Vamos jogar de novo até chegar na mesma fase, no mesmo ambiente e ver se o livrão das fórmulas do alquimista se vira pra gente de novo, com outra mensagem.

— Ou, pelo menos, com um trabalho de química prontinho. Como o que vamos precisar entregar para a Nanci na semana que vem, lembra? Bem como o Mateus estava querendo que a gente tentasse, lá naquele dia em que tiramos nota alta, quando apareceu a primeira mensagem no meio do trabalho dos egípcios... — brincou a menina, meio nervosa e tentando disfarçar.

Mas os dois não acharam muita graça e ela resolveu ficar quieta.

Ficaram horas tentando, os três diante da tela do monitor. Venceram vários obstáculos. Chegaram à torre do mago com seu chapéu pontudo — sem estrelinhas nem varinha de condão. Mas dessa vez o ajudante não se manifestou.

Foi uma grande decepção. Estavam certos de que iam conseguir alguma coisa, e nada!

O dia teria sido perdido se, ao voltar para casa à noite, Soninha não tivesse encontrado uma folha de papel impressa, em cima da mesa, junto com um papelzinho que trazia uma anotação breve de Andreia.

Era uma pena que Zé Miguel não estivesse mais ao seu lado. Despediram-se na portaria do prédio e ele já tinha ido embora.

E não tinha celular. Depois de ler e reler sozinha os dois escritos, a menina ainda teve de esperar um bom tempo até que ele chegasse em casa e pudessem conversar pelo telefone.

O bilhete dizia:

Soninha,

Falei com o Caíque e ele mandou essa cópia da mensagem contaminada para o Zé Miguel. De qualquer modo, pediu para o Zé ligar para ele, porque também está querendo investigar essa história do vírus no computador.

Boa sorte,

Andreia

Na outra folha, havia algo bem mais comprido. A menina leu, releu com atenção. Fechou os olhos e ficou pensando. Era uma linguagem esquisita, alguns trechos eram difíceis de entender, precisava mesmo ler mais de uma vez:

Trocada a segurança do mar fechado pela amplitude do oceano circundante, ao fim de algumas noites começamos a perceber a Estrela Polar a afogar-se no horizonte. Após seguirmos a navegar mais alguns dias por esse mar de longo, vim pela primeira vez dar em vossa terra graciosa. Outros por aqui já haviam aportado, e sobre tais achamentos eu muito havia tratado de ler. Mas nenhuma leitura preparara este escrivão para a beleza de vossa costa, a perder de vista de ponta a ponta. Nem para as grandes barreiras que ostenta ao longo do mar em algumas partes — ora brancas, ora vermelhas, com sua terra de cima coberta de grandes arvoredos —, nem para suas praias claras, cheias de altas palmeiras e infinitas águas. Apreciei-a de tal forma e aprendi de tal maneira a admirar a formosura e a bondade de vossa gente que continuei a visitar-vos pelos séculos afora, ainda que raramente me fizesse perceber por alguém. Ou, nos poucos casos em que eventualmente houve tal risco, sempre logrei que o encontro se apresentasse como sonho, delírio ou transe, como cumpria e convinha a minha difícil condição. Somente nestes tempos mais recentes, diante das inesperadas possibilidades abertas pelo que chamais de novas tecnologias, é que me tenho ocasionalmente surpreendido a cair em tentação de romper minhas amarras e passar a fazer rápidas visitas a alguns

de vós. Com cuidado e desvelo. Em outros tempos, por vezes, o capitão de uma nau ordenava a alguns de seus tripulantes que fossem meter-se entre os habitantes da terra, a ver como estes viviam e saber deles tudo o que pudessem saber, ainda que uns não soubéssemos falar a língua dos outros. Sinto-me a agir de forma semelhante.

Hoje, porém, ao perceber em vossa escrita a referência ao cargo de escrivão, dei-me conta de que somos irmãos de ofício, e que isso porventura será capaz de nos aproximar. Se tal vier a acontecer, este escriba agora cristão se dará por muito feliz, no caminho da redenção, e entoará graças a Deus Nosso Senhor, que começa a libertá-lo de sua milenar condenação.

Vasco Manoel Coutinho

Pelo telefone, Zé Miguel ouviu a leitura de Soninha. Quando ela acabou, só disse:

— Uau! Dá pra ler de novo?

Ela leu. No fim, ele estava exaltado:

— Não é possível! Mais uma! E assinada desta vez! Com tanta mensagem a toda hora, o cara tem que ter deixado algum furo, a gente tem que descobrir...

— Mas como?

— Sei lá... Mas a gente tem que achar uma pista. Não vou ficar pedindo pra você ler de novo, é um abuso. Mas agora tenho certeza de que vamos acabar achando...

— Eu poderia escanear e mandar por *e-mail*, mas o escâner aqui de casa quebrou. Tem no trabalho do meu pai, mas aí só na segunda-feira.

— Não adianta. Se é pra esperar segunda, você mesma pode me dar a mensagem no colégio.

Achando que o texto era curto, afinal de contas, Soninha já ia se oferecer para copiá-lo e enviar pela rede mesmo, quando ouviu o que Zé Miguel dizia:

— Acho que então passo aí amanhã para ver isso. Pode ser? Ou você cansou de mim depois de um sábado inteiro?

Se podia? Claro que sim... Dois dias seguidos na companhia do Zé Miguel, e no fim de semana... Pelo jeito, ela estava com sorte, e de certo modo o tal gaiato erudito estava fazendo o papel de cupido. A toda hora ajudava Zé Miguel a vir para perto dela.

— Tudo bem — concordou, segurando o entusiasmo na voz.

— Aí a gente compara tudo o que já temos desse cara, e com certeza vamos achar alguma pista melhor. É só uma questão de estratégia.

E de sorte, pensou Soninha. Muita sorte.

6 Mensagem na garrafa

Soninha e Zé Miguel passaram parte do dia organizando o material que já tinham sobre o tal invasor metido a engraçado. Não apenas o que ele (ou ela) tinha deixado em suas mensagens, mas também um resumo do que lembravam das outras intromissões que não haviam deixado registro impresso. Leram, releram, fizeram várias anotações em pilhas de papel de rascunho. Só interromperam na hora do almoço — a fantástica macarronada de domingo que a avó italiana de Soninha não dispensava, com um molho de tomate que ficava cozinhando desde cedo em fogo baixo e cujo aroma tentador atrapalhava cada vez mais a concentração da dupla à medida que o relógio avançava e o estômago lembrava que estava chegando a hora de comer.

— Você fica para almoçar conosco, não é? — convidou dona Flávia. — Estou pondo mais um prato na mesa.

— A comida da avó Nonna não é de desprezar — insistiu Soninha.

Mas nem precisava. Zé Miguel conhecia de fama, mesmo sem nunca ter provado. E o cheirinho delicioso era irresistível.

— Não falei nada em casa — respondeu o menino —, mas aceito, sim. Vou só telefonar e avisar minha mãe.

Quando desligou, perguntou:

— Posso usar o telefone de novo? Minha mãe falou que tinha um recado urgente pra mim. Parece que o Mateus já ligou três vezes lá pra casa. Se passou a manhã de domingo me procurando, deve ter acontecido alguma coisa.

Tinha mesmo. Novo ataque do gozador erudito. Àquela altura, quase todos os amigos já estavam trocando ideias e impressões sobre as manifestações do gaiato. Menos Fabiana, sempre desligada (pelo menos, era o que eles ainda achavam), e Mateus, que ouvia tudo e não tinha nada para contar. Para falar a verdade, estava até com um pouco de ciúme, meio cismado com isso de ninguém mandar mensagens misteriosas para ele. E também tinha certo medo de que os colegas começassem a desconfiar que ele fosse o culpado, pois percebia que, se continuasse a ser a única exceção, esse fato poderia transformá-lo num suspeito natural.

Por isso ficara todo animado quando entrou na mesma onda que os amigos: tinha recebido uma mensagem. Era isso o que queria contar com tanta urgência, em seus telefonemas sucessivos, como os outros dois logo ficaram sabendo:

— Agora o cara diz que é um padre, Zé Miguel. Já imaginou?

— Nunca dá pra imaginar — respondeu o Zé. — Cada vez é uma surpresa diferente. Você guardou a mensagem?

— Claro — confirmou Mateus. — Depois de tudo o que vocês já falaram, eu ia deixar passar? Quer que leia pra você?

— Quero.

Mateus leu. Em seguida, Zé Miguel pediu que ele mandasse o documento pela internet. E lá se foram os três para o computador (sim, porque Carol já zumbia em volta deles e não ia embora), todos loucos de curiosidade.

Daí a pouco estavam lendo na tela:

Tendes nome de evangelista, mas ao que me parece não vos dedicais muito às letras, o que é de lastimar. Principalmente em uma época na qual todos têm tanta facilidade para aprendê-las. Houve um tempo em que quase todas as pessoas de uma sociedade eram iletradas. Poucos logravam ter acesso às páginas escritas. Os livros eram raros e muito preciosos, só os muito ricos podiam possuí-los. Não é de admirar que tal ocorresse, pois cada volume demandava um trabalho penoso e intensivo de todos nós, que nos dedicávamos a copiá-lo para que a obra pudesse se multiplicar e perpetuar. No Ocidente, em mosteiros como aquele em que meus companheiros e eu trabalhávamos em nosso escritório (que então chamávamos de scriptorium, *usando o termo latino) em equipes de cinco a cada turno, apenas a igreja e as primeiras universidades podiam se vangloriar de reunir pessoas com capacidade para ler e escrever. Mesmo reis e imperadores eram analfabetos.*

Felizmente tive, mais tarde, a oportunidade de experimentar realidades diversas. Mesmo quando os fados me trouxeram a seu continente, séculos depois, então como membro da Companhia de Jesus, já tantos entre nós dispunham dessa

habilidade que até pudemos fazer uma pequena compilação do vocabulário dos novos povos que aqui encontramos. E a palavra escrita de alguns de meus companheiros pôde alcançar uma extensão maior, ir além do ambiente próximo e das pessoas que os cercavam (como foi o caso de frei Bartolomeu de las Casas no México, com suas crônicas, ou do padre Antônio Vieira no Brasil, com seus sermões) e defender os pobres bugres da crueldade e dos malefícios daqueles que só pensavam em escravizá-los, como se humanos não fossem e alma não tivessem. De certo modo, essa palavra escrita surtiu efeito, ao influenciar nossa sociedade para que não aceitasse que os povos encontrados no Novo Mundo fossem reduzidos ao cativeiro e tratados como animais. No entanto, tal proteção terminou por dirigir a crueldade a outros povos, e a triste sina da escravidão continuou a cair sobre os ombros de nossos irmãos africanos, vítimas seculares desse destino atroz. Não há, portanto, como deixar de constatar mais uma vez que a humanidade só caminha a passos lentos e curtos, num trajeto cheio de recuos e desvios. Mesmo que por vezes tenhamos a impressão de que há avanços, logo somos obrigados a constatar, melancolicamente, que há outros aspectos a considerar. De toda maneira, parece-me fora de dúvida que, sem a transmissão da sabedoria e do conhecimento de outras gerações por intermédio dos escritos, estaríamos ainda em mui pior situação. Cada indivíduo seria forçado a recomeçar do nada e reinventar tudo. E o trabalho de Nosso Senhor giraria em círculos, condenado a se repetir pelos séculos dos séculos, segundo contavam os pagãos sobre o pobre Sísifo. Como o deste pobre escriba que, por mais que tente, jamais logra comover uma alma caridosa que o alivie de seus males, ai de mim!

Acabava assim. De repente. Sem despedidas.

Ligaram de novo para Mateus, perguntando se havia mais alguma coisa. Não, não havia. Mas o amigo não aguentava de ansiedade, queria ir se encontrar com eles.

— Posso ir até aí?

Claro que podia. E dali a pouco já estavam todos de novo relendo a mensagem que ele trouxera, dessa vez impressa.

— Epa! Temos novidade! — exclamou Zé Miguel ao terminar de reler.

— O quê? — quis saber Mateus. — Você conhece o padre?

— Não, não é isso… Ele repete um bocado das outras coisas que já disse antes, nas outras mensagens. Elogia a escrita, diz que se orgulha de ser um dos poucos que sabiam escrever, essas coisas. Mas desta vez afirma claramente que viveu em séculos diferentes. Não dava para ser, ao mesmo tempo, monge copista num mosteiro medieval e missionário explorador na América. Esse dado é novo. Pelo menos, com tanta clareza. No texto do escrivão, essa história de voltar em outras vidas ou outras épocas já estava insinuada, só que meio de passagem, de um jeito confuso. Mas agora escancarou, não deixa mais nenhuma dúvida.

— E esse tal de Sísifo? Você conhece?

— Eu conheço — disse Soninha. — Já ouvi falar. Meu avô outro dia estava falando nisso. Era uma história antiga, acho que um mito grego, sobre um cara que foi condenado a empurrar uma pedrona morro acima por toda a eternidade. Nem sei por quê. Mas lembro que, logo que ele chegava lá em cima e parava para descansar, a pedra rolava montanha abaixo e ele tinha que fazer tudo de novo.

Zé Miguel retomou o assunto:

— Isso tudo está ficando muito interessante. Mateus, veja isto. Antes de falar com você, nós estávamos fazendo uma lista com as coisas que têm aparecido em todas as mensagens. E ainda não tinha esse lance, quer dizer, o cara nunca tinha dito na mesma carta que viveu em épocas diferentes. A novidade desta vez foi essa.

— Mostre a lista — sugeriu Soninha.

Mateus examinou o papel com atenção. Leu e releu. Não era mesmo uma lista grande. Zé Miguel e Soninha não tinham chegado a muitas conclusões.

É alguém que se orgulha de saber ler e escrever.

Cada vez está num lugar e numa época diferentes.

Não decide bem como vai tratar o leitor; fica usando "você", "vós" e "o senhor", e se confunde todo.

Usa uma linguagem meio antiga, mas o texto chega pelo computador.

Muda de sexo.

— Isso eu não entendi — disse Mateus. — Como assim: "muda de sexo"?

— É, não está bem explicado, mesmo — concordou Soninha. — O que a gente quis dizer é que tem horas que o gaiato diz que é mulher: uma rainha egípcia, uma mercadora da Babilônia, sei lá... Mas outras vezes escreve como se fosse um homem.

— Esse padre ou o escrivão da frota, por exemplo — lembrou Zé Miguel. — Ou o ajudante de alquimista. E Marco Polo.

— Que ajudante? Que alquimista? E que escrivão? Do que é que vocês estão falando? — quis saber Mateus, meio aflito ao se sentir por fora de algum segredo que os outros compartilhavam.

— Explica pra ele — pediu Carol. — Não dá pra ninguém adivinhar.

Zé Miguel lembrou que essas aparições tinham sido meio recentes, novidades da véspera e daquele domingo. Ele e Soninha ainda não haviam contado para os outros amigos. Realmente, ia ser necessário explicar, não é que aquela metida da irmã da Soninha tinha razão?

— Bom, o ajudante de alquimista é aquele mago que apareceu no meio do jogo do Guilherme e que veio com essa conversa, mas não deixou mensagem escrita porque o Gui apagou. E o escrivão também é novo, a gente só ficou sabendo dele ontem à noite... — começou a recapitular.

Soninha ajudou a resumir. Mas os dois ainda levaram um bom tempo contando as novidades, porque Mateus queria saber detalhes de tudo, interrompia, perguntava mil coisas. E ainda ficou lendo e relendo as mensagens acumuladas. Demorou bastante. Mas de certo modo foi bom, porque no final, como se estivesse juntando mentalmente aquilo tudo, como as peças de um quebra-cabeça, comentou:

— Eu acho que talvez a gente possa acrescentar alguma coisa nessa lista.

— O quê? — perguntaram os outros dois quase ao mesmo tempo.

— Sei lá, eu não consigo explicar bem. Mas acho que o cara está pedindo ajuda. E fiquei com vontade de ajudar.

— Ajuda? — repetiu Soninha sem entender. — Quem? O *hacker*? Você quer dizer que o cara está querendo nos fazer de cúmplices dele?

— Meu Deus, se for verdade, isso pode dar um rolo danado. Invadir computador alheio é crime, sabia? Pode dar cadeia — disse Zé Miguel. — Estou fora.

Mateus olhou para os dois com ar meio espantado:

— Vocês ficaram malucos? Que conversa é essa?

— Não tem mistério nem maluquice. Vou dizer exatamente o que eu estou pensando, cada vez mais — esclareceu Zé Miguel. — Eu acho que não é vírus nenhum. Nunca vi vírus assim. Na minha opinião, estamos tratando com um sujeito esperto e muito competente, fera na informática. Alguém que conhece bem história e que usa isso como disfarce. Procura mudar o que diz, de acordo com a pessoa a quem se dirige. Falou do Egito quando estávamos fazendo o trabalho do Meireles. Veio com um papo de código e leis quando se intrometeu no escritório de advocacia. Bancou o escrivão da frota quando mandou a mensagem para o escrivão do cartório. Entrou com uma conversa de bandidos e tráfico pra cima do Robinho. Deu uma de medieval no jogo do Guilherme, porque sabe que ele ama Idade Média e todas essas coisas. E agora começa a mensagem para você, Mateus, fazendo essa referência ao santo que é seu xará e escreveu um dos evangelhos.

— Deve conhecer muito bem cada um de nós — acrescentou Soninha.

— Ou sabe ler pensamento — arriscou Carol, mas ninguém ligou.

Zé Miguel continuou:

— Estamos há dias às voltas com um *hacker* que invade os computadores dos outros e deixa mensagens esquisitas, como se fosse brincadeirinha. Mas na verdade pode não ser brincadeira nenhuma. Afinal de contas, essa é uma forma de marcar território, mostrar que alguém passou por ali e deixou vestígios. Como os *hackers* costumam fazer. Ainda não sabemos quem é, nem por que está fazendo isso, nem por que nos escolheu — ou se a mesma coisa anda acontecendo ao mesmo tempo com um monte de gente espalhada por aí, só que não fazemos a menor ideia. O problema é que isso é sério, gente. Tem muito *hacker* bandido.

Os outros ficaram em silêncio, pensativos. Depois de um tempinho, Zé Miguel continuou:

— Pode parecer só brincadeirinha no começo, uma coisa meio misteriosa e divertida. Mas e se de repente o cara entra num sistema de banco e rouba dinheiro? Ou penetra numas coisas do governo e prejudica um monte de gente, rompe esquemas de segurança, faz alguma coisa horrível que nem consigo imaginar? Sei lá... Pode ficar perigoso.

Soninha sentiu um calafrio. Meio sem jeito, comentou:
— Talvez a gente devesse avisar a polícia em vez de ficar tentando descobrir sozinho.
— Não sei — hesitou Zé Miguel. — Na certa eles iam achar que é coisa de garotada e não iam levar a sério. Iam até rir na nossa cara. Mas pensei em conversar amanhã com o Caíque e abrir o jogo. Ele é mais experiente, pode nos orientar um pouco, dar umas dicas.
— Quem é esse cara? — quis saber Mateus.
— O tal advogado que namora a irmã de Soninha e nos mandou a cópia da mensagem do escrivão. Ele mesmo deixou um recado, dizendo que estava querendo trocar umas ideias sobre isso.

Mateus ouviu calado, pensou um pouco. Depois disse:
— É, pode ser…
Mas não parecia muito convencido. Refletiu um pouco mais e disse uma coisa inesperada:
— E se não for nada disso?
Surpresos, os amigos reagiram:
— Como assim?
— Você tem uma sugestão melhor?
— Não — respondeu Mateus. — Não posso dizer que tenho uma sugestão, nem que é melhor. E não sei bem como explicar. Só que continuo achando que pode não ser um *hacker*, nem um bandido, nada disso. Talvez seja só um pedido de ajuda. Como se alguém precisasse de socorro e aos poucos fosse tentando ganhar nossa confiança, ficar amigo…
— Claro, para depois nos usar!
— Não sei, não vi nenhum sinal disso. Eu acho que é pra

poder abrir o jogo e nos contar o que quer. Porque, de verdade, eu não vejo que ele esteja nos usando, acho até o contrário, nós é que usamos essas mensagens para tirar uma nota boa no trabalho de história. Aliás, na certa íamos perder essa nota num instante se saíssemos contando por aí que o trabalho que recebeu tantos elogios do Meireles não foi feito por nós, foi cola da Nefertiti ou de alguém misterioso que nos mandou tudo prontinho e cheio de detalhes.

Silêncio.

Mateus continuou:

— O que eu estou vendo nessas mensagens é um pouco diferente. Eu vejo tudo aquilo que vocês escreveram na listinha: é alguém que se orgulha de saber ler e escrever, que viveu em épocas e lugares diferentes, etc. Mas vejo também alguém que é educado, pede desculpas por se intrometer, tenta nos tratar com respeito, dá muito valor ao estudo. Alguém que quer se comunicar, que na verdade está desesperadamente tentando se comunicar de todo jeito pelo tempo afora, e fica mandando uma mensagem atrás da outra. Alguém que diz que sofre, precisa se libertar de uma condenação e tem esperança de que a gente possa dar uma mãozinha. Mas não adianta nada, porque nós não estamos nem ligando. Ainda ficamos meio contra ele, achando que o cara é um bandido.

Novo silêncio.

Zé Miguel e Soninha não tinham ainda olhado as coisas daquela maneira. Ficaram calados, pensativos. E, como pensamento não faz barulho, não se escutava som algum.

A voz que se ouviu foi de Carol. Todos tinham se esquecido da presença dela ali ao lado, em geral sempre muito metida, mas desta vez tentando se bronca dos mais velhos. situação, exclamando:

— Legal! Uma espé aquelas que a gente vê en das ondas, até chegar num abrindo somos nós.

E se fosse mesmo?

Mensagem para você | **83**

7 Modelo de quê?

Conseguiram marcar um encontro com Caíque para o dia seguinte, no escritório dele. Passariam lá no fim da tarde. Os três, porque agora o Mateus não se separava da dupla por nada deste mundo. E Soninha ainda agradecia aos céus por ter conseguido se livrar da Carol, que adorava Caíque e bem que tentara acompanhar o grupo. Mas seria demais. Ela não era da turma e já bastava uma irmã naquele ambiente. A desligada da Andreia, evidentemente. Afinal, ela trabalhava lá com Caíque. E recebeu os três com um comentário que ninguém conseguiu entender:

— Nem para um encontro importante vocês conseguem chegar na hora, hein? — disse de passagem, assim que se encontraram.

Mal apareceu na saleta. Entrou por uma porta e logo sumiu por outra.

Não dava nem para desconfiar a que ela se referia. Afinal de contas, ninguém estava atrasado. O fato é que eles estavam tão ansiosos pela conversa com Caíque que tinham chegado mais de vinte minutos antes do combinado. Por isso mesmo não dava para entender a bronquinha no comentário de Andreia.

Os três ficaram sentados nas poltronas, folheando umas revistas velhas e ouvindo a recepcionista atender a um telefonema atrás do outro. Só um pouco depois, quando Andreia tornou a abrir a porta e fez um gesto para que alguém saísse de dentro da outra sala, foi que Soninha percebeu o que tinha acontecido. Porque quem estava saindo da outra sala (ou entrando na saleta onde os três aguardavam, dependendo do ângulo de quem conta) era Fabiana. E a frase com que Andreia a introduziu foi:

— Pensei que vocês estavam juntos... Mas que coincidência virem todos aqui no mesmo dia.

Então era isso. O tal encontro que Fabiana queria ter com Andreia fora marcado no mesmo lugar, um pouco antes da conversa que eles tinham agendado com Caíque. E já devia ter acabado. Na certa Andreia achara que era tudo uma coisa só, marcada para o mesmo horário. Por isso aquele comentário esquisito sobre atraso.

O estranho é que Fabiana não foi embora, mas se sentou ali no meio deles e ficou conversando. Bom, talvez não tão estranho assim. Afinal, eram todos amigos, da mesma turma, e sempre gostavam de estar juntos. Soninha perguntou:

— Conseguiu resolver os assuntos que você estava querendo discutir com a Andreia?

A amiga hesitou um pouco:

— Não exatamente. Conversei um pouquinho com ela, mas depois o Caíque entrou na sala, ouviu o que eu estava falando e disse que achava melhor eu esperar e ficar também para essa reunião que vai ter com vocês. Então, como estava cedo, eu só fiquei batendo papo com a Andreia e falando um pouco do contrato, que, afinal de contas, era mesmo o assunto que eu tinha com ela.

— Contrato de quê? — perguntou Mateus, interrompendo tão depressa que Soninha, distraída, quase levou um susto.

Fabiana olhou para ele e deu um sorriso claro que iluminou seu rosto lindo, sob os cabelos tão macios e sedosos que até pareciam anúncio de xampu. Só faltavam a câmera lenta e uma música clássica ao fundo. Pelo menos, era meio assim que Mateus sempre lembrava de Fabiana quando pensava na amiga e ficava naquela dúvida de sempre. Vivia uma permanente indecisão: tirar a menina da cabeça de uma vez por todas (porque sabia que ela era mesmo só colega de classe e tão deslumbrante que seria areia demais para seu caminhãozinho) ou não se esquecer dela nem por um minuto de todo o resto de sua vida (porque não ia conseguir mesmo, porque ela era a pessoa mais especial que já encontrara, ou simplesmente porque sim, ora essa). E ali estava, de uma hora para outra, meio inesperadamente diante dela, fora da escola. Surpresa total. Ouvia o que ela explicava em sua voz suave:

— Bom, como vocês sabem, eu sempre tive certeza do que pretendia no meu futuro: eu...

— ... quero ser modelo! — completaram os outros dois juntos, numa brincadeira que a turma toda costumava fazer na

Mensagem para você | **87**

escola e na qual, é bom que se aproveite a oportunidade para registrar, nem sempre o Mateus achava muita graça.

Mas Fabiana tinha bom humor e sorriu. Aquele sorriso. De novo!

— Isso mesmo! Quero ser modelo. Foi sempre o meu sonho.

Até aí, nenhuma novidade. Mas depois veio algo que eles não sabiam:

— Pois é, então aconteceu uma coisa. Há uns dias, eu estava saindo de uma loja no shopping e uma mulher veio falar comigo. Veja só que coincidência: veio dizer que estava me observando fazia alguns minutos, achou meu jeito interessante e resolveu perguntar se eu não queria fazer um teste para modelo, se eu algum dia já tinha pensado nisso.

Melhor perguntar se já tinha pensado em outra coisa, foi o que passou pela cabeça de Zé Miguel. Mas não quis interromper a amiga, que continuava.

— Aí a mulher falou que eu podia tirar umas fotografias e fazer um *book*, ela me ajudava…

— Cuidado com essas coisas — cortou Mateus. — Pode ser a maior roubada. Toda hora tem notícia sobre isso. Tem quadrilhas especializadas em aliciar meninas para explorar. Eles até sequestram, levam para o exterior, obrigam a fazer as piores coisas. Ficam prometendo trabalho, fama, dinheiro, mas é só exploração. Não pode dar papo pra esse pessoal, Fabiana. Você precisa tomar cuidado. Tem que denunciar logo para a polícia…

— Ai, Mateus, você é um amor. É tão bom ter um amigo assim, que se preocupa comigo, quer tomar conta…

Ai, uns cílios enormes batendo por cima de um olhar que não dava para descrever, mas derretia por dentro... E o tal sorriso, além de tudo. E a voz, que prosseguiu suave, mas firme:

— Mas não se preocupe não, Mateus, eu sei disso, não nasci hoje. Como eu quero ser modelo, meus pais sempre me avisaram disso tudo. E eu nunca ia fazer nada sério, assim como um contato desses, sem conversar com eles. Anotei o número do telefone da mulher, mas não dei o meu. Foi meu pai quem ligou para ela depois e conversou tudo. Mas adoro ver que você foi um anjo e se preocupou assim comigo.

(Adora? Um anjo? Dava até tonteira.)

Fabiana continuava:

— Enfim, eles conversaram, a mulher fez algumas propostas e depois de uns dias mandou um rascunho de contrato para a gente ver. Não sei bem se é assim que se diz, ela falou em *minuta*. Meus pais ficaram dizendo que parecia legal, mas eles não entendem muito dessas coisas, seria bom se algum advogado pudesse ver, só que isso custa caro... Então eu lembrei que a sua irmã estuda direito, eu podia pedir a ela para dar uma olhada. Foi isso.

Então estava explicado. Por isso é que ela andava com aquela vontade misteriosa de encontrar com Andreia para falar de coisas de direito.

— Só não entendi foi por que o Caíque quis que você ficasse para a reunião conosco — lembrou Zé Miguel, muito objetivo. — Não sei o que pode ter a ver. Nós viemos conversar com ele sobre o tal vírus que anda aparecendo em um monte de computador por aí. Ou um *hacker*, sei lá, alguém que invade as caixas de correspondência com umas mensagens estranhas, que ninguém sabe de onde vêm.

— Aquele mesmo do trabalho de história? — perguntou Fabiana.

— Esse mesmo.

— Ah, então foi por isso, claro... Agora entendi. Porque, quando eu estava conversando com a Andreia e de repente o Caíque entrou na sala, eu estava falando justamente numa coisa parecida, e ele ouviu.

— O quê?

— Eu estava contando sobre umas mensagens meio diferentes que eu andei recebendo.

Zé Miguel respirou fundo e perguntou, com toda calma:

— Dá pra explicar melhor? Isso pode ser muito importante.

— Bom, começou com uns torpedos...

Quem não estava com calma nenhuma era Mateus. Primeiro, acabara de descobrir que a Fabiana vivia se deixando abordar na saída das lojas, assim, sem mais nem menos, por pessoas que podiam levá-la para o outro lado do mundo e afastá-la para sempre das salas de aula do Garibaldi. Nunca mais aquele sorriso, aqueles cabelos escuros e brilhantes, aquelas pestanas longas que piscavam devagarzinho como se dançassem em câmera lenta. Agora, constatava que a menina andava recebendo uns torpedos diferentes. Na certa, perigosos. Criminosos e ameaçadores, talvez. Capazes até de interessar a um advogado, essa gente experiente, que vive às voltas com bandidos e marginais. Mas também não dava para se espantar. Claro, o mundo inteiro devia estar querendo mandar mensagens para o celular da Fabiana, convidá-la para sair, ou simplesmente dizer como ela era linda. Nem todo mundo era como ele, sempre sem jeito para dizer o que sentia. E se de repente ela aceitasse um desses convites?

— E o que diziam esses torpedos?

— Bom, o primeiro não dizia exatamente nada, só perguntava.

— Perguntava o quê?

— Que livro você está querendo tanto?

— Não entendi.

— Nem eu — acrescentou Soninha. — Não pedimos livro nenhum.

Fabiana sorriu. Sorriu! E disse:

— Pois é, eu também não entendi. Não tinha identificação, eu não sabia de quem era, nem quem estava perguntando. Nem que livro era esse.

— Que livro? — perguntou Mateus, quase gritando e meio zonzo, completamente perdido.

Zé Miguel, que conseguira acompanhar melhor, tentou explicar:

— O torpedo que a Fabiana recebeu era uma pergunta, Mateus, de alguém querendo saber qual era o livro que ela queria...

— Por quê? — insistiu Soninha. — Você estava numa livraria e algum desconhecido queria te abordar com um presentinho?

Bendita Soninha. Era isso mesmo que Mateus queria perguntar, mas não estava nem conseguindo pôr os pensamentos em ordem.

— Não, nada disso. Pra falar a verdade, eu estava em casa, sozinha, fechada no meu quarto, dançando e cantando que ia ter um *book*.

— Você dança sozinha fechada em seu quarto? — repetiu Mateus, incrédulo, tentando imaginar a cena.

Mensagem para você | **91**

Soninha interferiu de novo para esclarecer.

— Claro, Mateus, todo mundo faz isso. Ainda mais quando a gente está contente e sabe que ninguém está olhando… Vai dizer que você não dança?

— Eu não danço — protestou Zé Miguel, salvando Mateus, que, de repente, se sentia um ET porque, em toda sua vida, jamais ficara no quarto, sozinho, dançando na frente do espelho.

— Pois eu danço — garantiu Soninha.

Na certa, coisa de menina. Pensando bem, Mateus lembrava de já ter visto, mais de uma vez, a irmã dançar sozinha em casa, mesmo sem estar fechada no quarto. Mas Zé Miguel insistiu:

— Pode continuar? Você estava dançando sozinha, ouviu o celular tocar, era um torpedo perguntando que livro você queria…

— Isso mesmo. E é claro que no primeiro momento eu não entendi. Mas, depois, vi logo o que era.

— E era o quê? — as perguntas dos três eram quase um coro.

Enquanto Caíque entrava na sala e fazia um gesto para que eles continuassem a conversa, como quem não queria interromper, Fabiana foi explicando, com aquele seu lado prático meio desconcertante, que volta e meia irrompia no meio do desligamento aparente e que os amigos conheciam tão bem:

— Só podia ser alguém que estava me ouvindo cantar ou que tinha me ouvido falar nisso, claro. Alguém que ouviu falar em *book*, sabia que *book* é "livro" em inglês e ficou pensando que eu estava toda feliz porque ia ganhar um livro. Alguém que deve viver num outro planeta, porque nem sabe que *book* é só um álbum de fotos de modelo... Hoje em dia, *todo mundo* sabe disso, está nos jornais, nas revistas, nas novelas de televisão...

Dedução inteligente. Mas eles nem se espantaram, porque conheciam Fabiana havia anos e não se enganavam com aquele arzinho meio desligado de quem só pensa em moda. Sabiam do que a menina era capaz e como funcionava aquela cabecinha morena debaixo dos cabelos de anúncio de xampu. Logo viram que a conclusão era muito lógica, sem dúvida. Exceto por dois pequenos detalhes. O primeiro é que a maioria das pessoas não vive mesmo nesse mundo de modelos e fotos e nunca ouviu falar nessas coisas. O segundo era justamente o que Soninha perguntou:

— Alguém quem? E de onde podia estar ouvindo, se você estava trancada no quarto?

— Você tem razão, um mistério. Mas eu estava tão distraída e contente, louca para dividir minha alegria com alguém, que na hora nem me preocupei com isso. Minha mãe tinha acabado de me contar que achava que meu pai ia deixar eu fazer o *book*.

Então fiquei a mil por hora, cantando. E, assim que entendi que a pessoa estava se referindo ao meu *book*, respondi.

— Respondeu? — estranhou Zé Miguel. — Como assim, se você nem sabia de quem era o torpedo?

— Pois é, mas não pensei nisso. Só fiz o que a gente faz nessas horas. Digitei uma mensagem de volta, explicando o que é um *book* e apertei a tecla *enviar*. Pronto, sumiu da tela. E a pessoa recebeu, claro, porque em seguida mandou outra, assim: "Ah, você quer ser modelo…". Ou "Ah, você quer ser modelo?" Não sei bem, porque não tinha pontuação.

— E aí?

Mas Caíque interrompeu. Tinha chegado com passos discretos e escutava com atenção, de novo, a única coisa que já ouvira sobre o assunto, pouco antes, na salinha ao lado, enquanto Fabiana conversava com Andreia. Agora, não quis interromper o relato que a menina fazia aos amigos e que ele sabia já estar no fim. No entanto, ao ver que a conversa se estendia, decidiu interferir.

Cumprimentou Soninha com um beijo, apresentou-se a Zé Miguel e Mateus. Em seguida, sugeriu que passassem para sua sala, ao lado, onde poderiam se reunir de forma mais organizada. Enquanto pedia à secretária que providenciasse café e água para servir a todos, ainda ouviu Zé Miguel insistir:

— E aí?

— Aí eu respondi o que vocês já sabem… — disse Fabiana, começando a rir.

E o coro, que incluía a própria Fabiana, completou:

— Quero ser modelo…

Gargalhada geral. A menina encarava mesmo com muito bom humor aquela eterna gozação dos amigos. Ainda rindo, enquanto todos se sentavam em volta de uma mesa na sala ao lado, acrescentou:

— O que me deixou meio curiosa, pensando muito, foi a mensagem seguinte. Na verdade, as duas mensagens seguintes. Duas perguntas, que chegaram seguidinhas. Sem nem dar tempo de eu responder a primeira, a outra já vinha entrando. E, mesmo sem pontuação, eu sabia que eram perguntas. Se é um *hacker*, como vocês estão dizendo, deve ser um *hacker* perguntador, alguém muito curioso. Primeiro, perguntou: "Por que não artista?". E, quando eu ia dizer que não tenho atração por palco, não tenho a menor vontade de ficar decorando texto, essas coisas, mas prefiro estúdio de fotografia e desfile em passarela, entrou outra pergunta: "Modelo de quê?". Então eu tentei responder. Explicar que quero ser modelo de moda, de publicidade, é evidente, de que mais podia ser? Só que não consegui mais. Fiz uma porção de tentativas, mas não adiantava. Só respondi mesmo à primeira pergunta. Depois disso, não adiantou mais. A mensagem não era enviada. Tinha sumido alguma coisa. E eu vi que tinha perdido o contato com a pessoa. Não tinha ficado nada na memória do celular.

Houve um pequeno silêncio de frustração. Todos estavam curiosos e queriam mais, pensavam se haveria relação entre esses torpedos e o vírus ou *hacker* que tinham vindo discutir com Caíque. Na certa o advogado achava que sim, ou não teria chamado Fabiana para participar da conversa.

Mas o silêncio durou pouco. Em seguida, Fabiana fez uma carinha diferente e deixou escapar algo muito inesperado:

— Não saiu foi da minha memória. A toda hora fico lembrando e perguntando para mim mesma. Quero ser modelo de quê? Pensava que era uma coisa tranquila, certeza total, um troço que toda a minha vida eu soube, sem dúvida nenhuma. Mas de repente eu fui descobrindo que não tenho mais tanta certeza assim de qual é a resposta. Podem ser muitas coisas diferentes. E eu nunca tinha pensado nelas.

8 A amiga de Camille

A reunião foi animada.

De início, não parecia que seria assim. Caíque explicou porque os tinha chamado. Para começar, fez uma recapitulação geral. Relembrou a primeira mensagem, que viera misturada com o texto da tal petição e que, àquela altura, os meninos já sabiam quase de cor. Mesmo assim, o advogado fez questão de reler em voz alta. Ao final, fez um comentário:

— Na ocasião eu não dei muita importância, achei que era a redação ou o trabalho de escola de uma das irmãs da Andreia. Mas algumas coisas me chamaram a atenção. A primeira, uma observação inevitável, pois revelava um aspecto inesperado: a menina fizera muito bem seu dever de casa, fruto de uma pesquisa bem atenta. Afinal, sabia alguns detalhes que hoje em dia muita gente adulta não conhece. Por exemplo, que os povos da

Mesopotâmia escreviam em tablitas de argila, que para isso usavam cálamos... Sabia até que, entre eles, as mulheres desempenhavam papel importante na sociedade, de parceria econômica e divisão de trabalho, tanto na produção de têxteis como na escrituração dos negócios. Coisa que as sociedades posteriores aos poucos foram perdendo, na medida em que relegavam a contribuição feminina apenas à esfera doméstica. Nesse sentido, esses povos mesopotâmicos (sumérios, acádios, assírios, babilônios) deveriam ter servido de exemplo para nós, mas nos esquecemos deles. Esquecemos até que aquela região constituiu exatamente o que hoje chamamos de Iraque e que esses homens que frequentam todos os dias os noticiários jornalísticos, como vítimas do terrível sofrimento da guerra, descendem de algumas das civilizações mais admiráveis da história da humanidade. Deveriam mesmo ser olhadas como modelo.

Fabiana se remexeu na cadeira, como se estivesse se sentindo um pouco desconfortável. Queria afastar o pensamento que zumbia em torno dela como uma mosca incômoda, instigado pela pergunta do torpedo: "Modelo de quê?". Ao ouvir o advogado mencionar aquela palavra, voltou-lhe a dúvida. Mas ninguém reparou.

Caíque continuou:

— Outra coisa que me chamou a atenção na mensagem foi a maneira como a autora se referia ao código de Hamurabi, que foi uma compilação pioneira, um feito notável para um povo tão antigo. Orgulhar-se disso mostra que ela dá valor à justiça. Mais ainda: que dá valor a uma noção de justiça inovadora para a época e fundamental até hoje. Uma noção que traz implícito o conceito de que não se podem admitir dois pesos e duas medidas, que a lei não pode depender dos humores do soberano, mas deve ser igual para todos, aplicável a todos, e em correspondência com o delito, com punições previsíveis e conhecidas de toda a sociedade. Aliás, "Justiça e equidade" foi um dos lemas que Hamurabi adotou em seu reinado. Um rei notável, racional e sábio, dono de um admirável sentido de autoridade, excelente administrador, equilibrado, que governou com o apoio de assembleias locais e levou grande desenvolvimento para todo o reino. Um modelo de soberano.

Outra vez a palavra *modelo* zumbiu entre os pensamentos de Fabiana.

Mas agora todos já se mexiam um pouco, enquanto Caíque falava. Mudavam de posição nas cadeiras, tomavam um gole de água ou café. Difícil não se dispersar. Aquela explicação comprida não era o que esperavam. Estava começando a ficar parecido com uma aula. Será que todo advogado tem que falar desse jeito?

Indiferente à reação dos garotos, Caíque prosseguiu:

— Mas não dei maior importância. Só posteriormente, quando surgiu a mensagem do escrivão, foi que percebi no texto dele a mesma vontade de valorizar a justiça e lembrei que Andreia tinha me falado algo sobre essas mensagens que vocês estavam recebendo e que ela atribuía a um vírus no computador. Reli ambas, examinei as circunstâncias, mesmo sem recorrer a uma análise de peritos, e confesso que essa hipótese de vírus não me satisfez completamente. Creio que há certas características técnicas incompatíveis com essa ideia. Coisas óbvias que nem preciso repetir, porque todos vocês já devem ter notado, como qualquer pessoa minimamente acostumada a lidar com a internet. Fiquei curioso e achei melhor marcar esta reunião, para bater um papo e trocar umas ideias com vocês. Queria conhecer melhor os outros documentos que vocês haviam recolhido, saber mais detalhes sobre as circunstâncias em que eles chegaram às mãos de vocês.

Fez uma pequena pausa e acrescentou:

— Ao mesmo tempo, não consigo me livrar da sensação de que estamos diante de alguém que nos procura porque talvez necessite de auxílio.

— Eu não disse? — interrompeu Mateus, exultante com sua dedução. — Não é um bandido. É alguém pedindo ajuda.

Talvez fosse mesmo, concordou Zé Miguel. Soninha também já começava a achar que esse era o caso e que deviam pensar no que podiam fazer para estender a mão a alguém que precisava de ajuda.

Continuaram a conversa. Recapitularam tudo. Mostraram a Caíque os textos das mensagens que tinham guardado. Discutiram a lista que haviam feito. Acrescentaram mais um item, por sugestão do advogado:

Preocupação com a justiça.

— O que me parece mais estranho, porém, é outra coisa. Evidentemente, ao lado dessa insistência no modo de agir escolhido. Afinal, é curioso esse *modus operandi* que consiste em não se identificar e ficar se escondendo por trás de uma aparente brincadeira e de uma série de intromissões repentinas...

Ninguém sabia o que era *modus operandi*, mas todos deduziram que devia ser algo como "o modo de operar", puro sinônimo de "o modo de agir".

— O estranho — continuou Caíque — é o fato de que a escolha desses interlocutores falsos, sob os quais ele ou ela se esconde, recai sobre personalidades diversas, de épocas e sociedades completamente distintas, mas sempre sob a égide da palavra escrita, considerada uma conquista rara e preciosa.

— Cada vez vem de um lugar e de um tempo totalmente diferente, é isso? — Zé Miguel queria ter certeza de que estava acompanhando bem, porque *sob a égide* tinha sido demais. — O cara sempre fica todo prosa porque sabe ler e escrever. Mas cada vez é diferente.

— Exatamente! Aí é que está o mistério.

— Pelo que a minha manicure explicou, não tem mistério nenhum. Parece que é até bem comum. Eu é que nunca tinha ouvido falar nisso. Na certa, nós é que não conhecemos bem essas coisas — disse Fabiana.

Manicure?

Todos olharam para ela, sem entender. Era uma mudança de assunto inesperada demais. Mas foram logo entendendo perfeitamente. Fabiana explicou que tinha mencionado à manicure os torpedos, quando fora fazer as unhas no salão de beleza no sábado, e a moça disse que uma vizinha sua vivia recebendo mensagens assim, do Além.

— Tenha paciência, Fabiana — cortou Soninha. — Nós estamos aqui falando de coisas sérias, e você vem com essa conversa de mensagem do Além? Agora o Além precisa de computador e celular?

— Não, não, desculpem, eu falei *Além* porque era mais fácil, parecia coisa de filme, eu achei que podia ser quase o mesmo. A manicure falou isso e eu não dei mesmo muita importância. Mas, na verdade, eu me confundi, porque todo mundo no salão começou a dar palpite. E uma garota falou em vidas passadas.

Isso eu achei muito interessante, e a manicure concordou também. Ela e muita gente. A garota disse que hoje tem uma porção de livros sobre o assunto, escritos até por médicos que fazem tratamento com hipnotismo. Eles tentam ver se descobrem o que o cara viveu em outras vidas, porque a origem do que ele está passando agora pode vir dessas outras experiências.

— E você acreditou?

— Não acreditei nem desacreditei. Nunca fui hipnotizada, não me lembro de outras vidas, então acho que não acredito. Acho, não. Tenho certeza. Mas pode ser que outras pessoas acreditem. Então eu respeito. Por que não?

Fez-se um breve silêncio. Caíque apenas comentou:

— Vidas passadas? Pode ser uma hipótese interessante. Não dá pra descartar inteiramente essa linha de raciocínio, porque ela pode nos levar a algo que ajude. Não que isso se configure como fato indiscutível. Porém, o nosso interlocutor pode estar recorrendo a essa forma de disfarce.

— Mas então por que esse passado veio justamente nos procurar se nós não estamos hipnotizados nem nada? — refutou Zé Miguel.

— Vai ver eles são nós antigamente... — disse Fabiana. — Ou nós somos eles hoje.

— Essa não! — cortou o menino, meio aborrecido. — Vamos parar com essa bobajada?

Houve mal-estar geral. Ficou um silêncio esquisito. Ainda bem que a própria Fabiana o quebrou, mostrando que não se zangara com o tom do amigo:

— Desculpe, eu me expliquei mal, sou mesmo meio atrapalhada. Só quis dizer que, de algum jeito, nós podemos ser uma continuação dessas pessoas que viveram no passado. Uma espécie de herdeiros, ou seguidores. Não uma nova vida delas, não é bem isso. Não sei explicar bem o que eu estou pensando, só consigo pensar na palavra *continuação*. E elas mesmas são a continuação umas das outras. Essas pessoas, quero dizer. As que nos mandam as mensagens.

Mateus concordou:

— É isso. Quando elas precisam de ajuda, nos procuram. Isso explicaria por que as mensagens vêm para nós. Quer dizer, a gente deve ter alguma coisa em comum. Primeiro, entre nós mesmos, é claro.

— É evidente, somos todos amigos, colegas de classe, da mesma idade... — concordou Soninha.

— Desculpe — interrompeu Zé Miguel. — Mas nem todos. O escrivão não é da nossa turma, por exemplo.

— Mesmo assim, deve ter algo a ver conosco, ainda que a gente não saiba o quê — continuou Fabiana. — Em segundo lugar, talvez a gente também tenha a ver com essa pessoa que está mandando as mensagens.

— Faz sentido — concordou Soninha. — Mas o quê? Vai ver, foi por isso que ela nos escolheu.

— Bom, eu sei que ela foi modelo... — continuou Fabiana.

Gargalhada geral.

— Modelo lá no Egito? Ou na torre de um alquimista na Idade Média? — brincou Zé Miguel. — E o que é que ela fazia? Ficava desfilando as últimas criações dos estilistas de túnicas? Francamente, Fabiana, você às vezes parece que não pensa antes de falar... De onde tirou uma ideia dessas?

— Foi ela mesma que me disse.

— Ela quem?

— A amiga da Camille.

— Que Camille?

— Se vocês não me interromperem toda hora, eu explico.

Apesar de não estarem com muita paciência, deixaram Fabiana falar. Com seu jeito meio avoado mas ao mesmo tempo bastante preciso, ela contou que uns dias depois daquela série de torpedos perguntadores recebeu no computador uma mensagem de alguém que pedia desculpas por ter sumido de repente (o que atribuía a algum problema técnico), e que agora voltava para se apresentar. Dizia ser modelo e amiga de Camille. E, como tinha experiência na profissão, queria dar apoio a Fabiana. Achava que, se conseguisse ajudar, talvez depois também pudesse encontrar quem a socorresse. Uma espécie de troca de favores. Afirmava que ser modelo dava muito menos trabalho do que ser artista, mas garantia que cansava muito. Ela mesma estava farta daquilo, detestava ficar horas na mesma posição, imóvel (a menina achou que ela era modelo fotográfico), enquanto os artistas trabalhavam. Preferia ter escolhido outro caminho, mas não tinha o talento de sua amiga Camille, por exemplo, que havia sido capaz de forçar o rumo para criar seu próprio lugar num mundo tão masculino e conseguira fazer esculturas lindas. Depois contou que uma coisa dessas, no tempo dela, era muito difícil para as mulheres, mesmo que uma tal de Berthe e a Mary tivessem conseguido pintar... Ela não tinha esse talento, ou não tivera essa coragem e ficara mesmo só como modelo. Mas, como sabia ler e escrever, depois acabou conseguindo outro trabalho, no comércio — e justamente como encarregada da arrumação de uma livraria, onde podia ler uma porção de livros e ouvir conversa de fregueses interessantes...

Assim não precisava mais ficar parada na mesma pose, imóvel, horas a fio, sem falar com ninguém, para que uma turma inteira pudesse desenhar ou esculpir. Uma coisa muito cansativa.

— Então ela não era modelo de desfilar em passarela, mostrando roupa, nem modelo fotográfico para publicidade. Era modelo dessas que posavam para artistas — deduziu Caíque.

— Exatamente — confirmou Fabiana. — Eu nem lembrava mais que antes modelo era assim. Quando um daqueles primeiros torpedos perguntou se eu não preferia ser artista, pensei logo no que a gente hoje em dia chama de artista: ator, atriz, cantor, músico, essas coisas. Mas ela estava falando era de pintor e escultor, os artistas que ela tinha conhecido como modelo.

— Que mais vocês conversaram? — perguntou Soninha, interessada em reunir o máximo de informações.

— Pouca coisa. Ela ficou o tempo todo falando da tal escultora. Parece que se orgulhava muito de ter sido amiga da tal Camille e de ter conhecido o professor dela, que essa modelo chamava de mestre Rodin.

— Então a Camille deve ser Camille Claudel, uma artista famosa do século XIX! — concluiu Caíque. — Havia umas obras dela numa exposição que veio ao Brasil há poucos anos. E fizeram também um filme sobre a vida dela, outro dia eu vi na televisão[3]. Ela era irmã de um grande poeta francês e namorou Auguste Rodin, um dos maiores escultores da história. Mas também sofreu muito. Teve uma vida trágica.

— Deve ser essa mesma — concordou Fabiana. — A modelo disse que ela acabou louca, internada num hospício.

— Ou ela foi levada a um estado de exasperação próximo da loucura. Isso nunca ficou muito claro, não se sabe se Camille

Claudel enlouqueceu mesmo ou se a tiraram do caminho por enfrentar os obstáculos com decisão, passando por cima de tudo como se fosse um trator. Seu comportamento incomodava enormemente a sociedade da época — explicou o advogado. — Mas hoje ela é muito reconhecida. Uma artista talentosíssima. E uma mulher rebelde, apaixonada, intensa, batalhadora, muito à frente de seu tempo.

— Um modelo de mulher... — disse Fabiana, num tom meio pensativo. — Foi exatamente o que a garota disse. Pelo menos, foi o que veio escrito no último torpedo.

— No último? Tem certeza? Não teve mesmo mais nada depois? — Zé Miguel estava meio impaciente com as informações

entrecortadas que Fabiana dava, aos pouquinhos, sem perceber que todos os amigos estavam loucos por saber mais, tudo de uma vez, com mais objetividade.

— Pelo menos, até agora.

— E que outras pistas a gente pode ter? Que mais você ficou sabendo com essas mensagens? — perguntou Mateus.

— Bom, de concreto mesmo, só isso. Ela era modelo de artistas e amiga dessa Camille, que admirava muito. Mas achava que podia ser mais, se orgulhava de saber ler e escrever…

— … como todos os autores das outras mensagens… — lembrou Soninha.

— … e ficou tentando me convencer a fazer o mesmo — concluiu Fabiana.

— Como assim? Convencer a ser autora dessas mensagens que se metem no computador dos outros? Ela está procurando cúmplices? Por acaso disse como está fazendo isso? — quis saber Zé Miguel.

— Não, não, desculpem, eu não me expliquei bem. Ela disse que eu devia sonhar com alguma coisa melhor do que ser modelo. Falou que eu estudei mais do que ela, sabia muito mais do que ler e escrever, podia fazer outras coisas mais úteis para todo mundo…

Caíque e Zé Miguel nem repararam no ar meio pensativo com que Fabiana disse isso e se fechou em si mesma. Mas Mateus bem que notou e ficou achando que a menina ficava ainda mais bonita assim, meio sonhadora, com o olhar um pouco perdido. E Soninha percebeu que algo mais fundo estava acontecendo com a amiga. Nunca a vira assim. Resolveu que, quando estivessem sozinhas, ia tocar no assunto. Talvez ela estivesse com algum problema. Talvez precisasse se abrir com alguém.

Em volta da mesa, a reunião continuava. Mas sem mais novidades. Tornaram a recapitular tudo o que sabiam sobre o misterioso invasor de computadores (e agora também de celulares), mas não era muito. Só o que já tinham resumido no começo da conversa.

Finalmente, Caíque concluiu:

— Bom, acho que agora podemos fazer alguma coisa, mesmo que seja muito pouco. Seja como for, esse *hacker* (ou esse gaiato, como vocês estão dizendo) está conseguindo se comunicar conosco, e anda insistindo muito. Mais que isso: pela experiência de Fabiana, constatamos que pode ser possível estabelecer uma comunicação com ele. Então sugiro que todos fiquemos muito atentos e, quando surgir uma nova mensagem, imediatamente tentemos responder.

— Como?

— Da mesma forma que a Fabiana fez. Uma resposta curta, imediata, enviada de volta pelo mesmo canal que ele usou. Pode ser que um de nós tenha sorte e consiga estabelecer um diálogo. Nesse caso, como é tudo muito rápido e fugidio, temos que estar preparados e ser muito objetivos. Ou seja, convém perguntar logo o que ele ou ela está querendo e tentar descobrir em que podemos ajudar. De forma direta. Assim, antes que a comunicação se interrompa, talvez tenhamos a oportunidade de avançar um pouco. Quem sabe até possamos realmente prestar alguma forma de socorro a quem está precisando.

Todos concordaram que era uma boa ideia. Mas Zé Miguel observou:

— Só que com a Fabiana foi diferente. O cara não pediu ajuda.

Fabiana hesitou um pouco e depois disse:

— Não tenho muita certeza. Acho que eu não tinha prestado atenção, mas agora que vocês estão falando, eu não sei, pode ser que tenha pedido, sim, mas eu nem reparei direito... Sei lá...

Deu um suspiro que irritou Zé Miguel, um sorriso que encantou Mateus, e continuou, num jeito pausado que deixou Soninha mais curiosa ainda:

— Ela falou que eu tive tanta oportunidade de estudar que agora não posso desperdiçar o que tenho. Devia usar isso para ajudar os outros.

— Então, é isso! — concluiu Caíque, decidido. — Sempre há alguma referência à necessidade de ajuda. Vamos ficar atentos. Assim que um de nós tiver alguma novidade, comunica aos outros imediatamente. Dessa forma fazemos também uma rede de informações. Com certeza, logo vamos ter uma posição mais clara. De acordo?

Todos concordaram. Mas Zé Miguel ainda quis acrescentar algo:

— Gente, eu fiquei pensando uma coisa. Ainda há pouco, antes que a Fabiana falasse nessa amiga da Camille, nós estávamos tentando ver o que podíamos ter em comum, todos nós, entre a nossa turma, o escrivão e esse invasor misterioso. E tenho um palpite.

— O quê? — perguntou Soninha.

— É que todos nós estudamos, todos sabemos ler e escrever. Por isso podemos compreender o valor que o cara dá a isso.

— Não necessariamente — discordou Caíque. — Nem sempre isso basta. Tem muita gente alfabetizada que não percebe a importância da palavra escrita, que é incapaz de dar valor. Acaba usando essa capacidade de forma muito reduzida. Mas, apesar dessa ressalva, acho que você tem razão. Nosso interlocutor misterioso está se dirigindo a nós porque acha que somos capazes de valorizar as letras. As mensagens não são apenas um pedido de ajuda, mas também um ato de confiança intelectual em nós. Temos que estar à altura desse desafio.

— Então é mais uma coisa para a gente pensar... — disse Soninha.

— Claro! Um elemento a mais em nossas considerações — tornou a resumir Caíque, sempre pronto para uma frase típica de advogado. — Com isso, podemos nos separar e refletir melhor, isoladamente, sobre cada um desses aspectos. De acordo?

Dessa vez, ninguém tinha mais nada a acrescentar.

Despediram-se e foram para casa.

9 Ritmo, poesia e morte

Alguns dias, porém, se passaram, antes que houvesse nova mensagem do invasor. Aos poucos, a animação investigativa da turma foi diminuindo. A rotina voltou a se instalar. O dia a dia era cheio de coisas que tomavam tempo ou exigiam atenção: estudar para provas, fazer trabalhos da escola, jogar bola, encontrar os amigos, ir a uma festa, a um show ou ao cinema. Como o tal *hacker* erudito não se manifestou mais, aos poucos eles foram deixando o assunto em segundo plano. Não que tivessem se esquecido dele ou perdido a curiosidade. Simplesmente, outras preocupações foram tomando conta de seus pensamentos e de suas conversas.

Foi ao final de uma partida de futebol — aliás, um mísero empate, apesar do total domínio da equipe do Garibaldi — que surgiu algo completamente inesperado. A partida em si não tinha sido nada de mais, porém estragou a manhã. Uma dessas coisas que podem acontecer com qualquer um. Aliás, acontecem mesmo: a equipe jogou bem, mas não deu sorte. Tomou um gol logo de saída e só conseguiu equilibrar o placar lá pelo meio do segundo tempo. Mesmo assim, na cobrança de um pênalti duvidoso. Os meninos do Garibaldi sabiam que tinham jogado melhor do que o time adversário. Mas ficaram com um gosto meio amargo por causa do resultado. Com a sensação de que precisavam espairecer. Vontade de se divertir e esquecer aquele empate.

Pode ser que tenha sido por isso que, depois do jogo, Zé Miguel chamou Robinho para almoçar na casa dele. Depois talvez pudessem disputar um jogo de computador com Guilherme.

— Obrigado, ia ser legal, mas não vai dar, cara. Esqueceu que hoje é sábado? Tenho o programa da rádio.

Não dava pra esquecer. Todos os sábados, no fim da tarde, o goleador Robinho virava um cara famoso. Passava a ser Robson Freitas, que ocupava o microfone da rádio comunitária e ficava no ar por duas horas. Conversava com todo mundo, encaminhava reivindicações às autoridades, contava casos, recebia telefonemas dos ouvintes, entrevistava um mundo de gente, dava chance a muita banda legal, apresentava conjuntos novos. A coisa mais parecida com uma celebridade que eles tinham na turma.

— Mas o programa só começa às seis. Tem muito tempo — argumentou Zé Miguel.

— É, mas a gente está no meio do concurso de *rap* e eu ainda quero ouvir umas coisas novas que chegaram.

Fez um silêncio e acrescentou:

— Principalmente quero ouvir de novo uma coisa. Já ouvi um monte de vezes e não chego a nenhuma conclusão.

— É bom? De quem é?

— Mistério total, cara. Um *rap* estranhíssimo, de alguém que foi entrando pelo computador da rádio sem se identificar nem nada e deixou lá a gravação. Meio esquisito, não dá nem pra saber se é bom ou não.

Uma suspeita muito rápida passou pela cabeça de Zé Miguel. Será? Podia ser? Não, não era possível. Mas, talvez. De qualquer modo, perguntou:

— Entrou pelo computador como?

— Sei lá. O técnico lá da rádio até achou que podia ser um vírus. Parece que foi uma mensagem truncada que atropelou uma outra e veio com um arquivo anexo. No arquivo, estava a gravação.

— Mas veio assim sozinha, sem nenhuma explicação? E a música, que tal? É boa? O cara é afinado?

— Como ritmo, é meio esquisito. E a voz dele é um pouco metálica, parece que tem uma distorção técnica, sabe como é? Meio assim feito um robô falando num filme. Igual quando disfarçam a voz dos entrevistados em noticiário da televisão, para o cara não ser reconhecido e não se ferrar depois por causa do que falou. Testemunha de crime, família de vítima, essas pessoas que o jornalista quer proteger quando entrevista. Mas o *rap* dele até que é maneiro.

Zé Miguel estava cada vez mais curioso. Tinha que tentar saber mais.

— E a mensagem? — perguntou. — Você não disse que veio também uma mensagem truncada, apresentando a música?

— Veio muito confusa, atrapalhada, cheia de sinais estranhos. Uns quadradinhos no lugar das letras que tinham acento, til, cedilha, essas coisas. Mas dava pra entender um pouco, umas coisas que ele falava sobre poesia, e um pedido de ajuda. E não tinha nenhuma identificação.

— Então como é que pode concorrer?

— Aí é que está. Não pode. O regulamento do concurso diz que todo concorrente tem de se identificar, dar nome, endereço, telefone, número de documento. Pra poder ser contatado depois, se ganhar. Por isso ele nem vai competir. De qualquer modo, não acho que o cara fosse ganhar, não tinha muita chance, tem um monte de *rap* muito melhor concorrendo. O sujeito usa umas palavras estranhas, tem um jeito que parece velho, estrangeiro, sei lá. Quer dizer, nem sempre, mas às vezes. As palavras existem, mas ninguém nunca ia fazer um *rap* com elas. Esquisito pra caramba. Acho que foi por isso que eu fiquei com elas na cabeça. É diferentão mesmo.

— É sobre o quê? — quis saber Zé Miguel. — Posso ver?

— Sobre a morte — disse Robinho.

— Tiro? Violência? Guerra de quadrilha, essas coisas?

— Não, nada disso. É bem diferente mesmo, eu já disse. Eu nunca tinha ouvido uma música assim. Vai ver é por isso que ela não me sai da cabeça.

Dava pra notar que Robinho ficava com um jeito diferente, meio pensativo, quando se lembrava do tal *rap*. Fez uma pausa, coçou a cabeça e acrescentou:

— Mas é também sobre a vida, sei lá. Sobre as coisas que podemos ganhar da morte, o que pode sobrar do cara depois que ele vai embora.

— Transplante de órgão? Congelar corpo? Essas coisas? — perguntou Zé Miguel, um pouco espantado.

Robinho riu:

— Não, cara, nada disso. Não é o que sobra no hospital nem no cemitério.

— Alma? — sugeriu o amigo, num tom tímido, tentando adivinhar.

O outro explicou melhor:

— Não. É o que sobra na lembrança dos outros. Meio assim como se fosse a marca que a gente deixa no mundo. Todo mundo deixa alguma marca, não é mesmo? Ou devia deixar. Ou tem certeza de que vai deixar, sei lá. Por isso foi que depois eu fiquei pensando nesse troço de vez em quando.

Robinho parou um pouco de falar, como se estivesse remoendo alguma lembrança. A música veio vindo na sua memória, e num instante ele estava batucando o ritmo na mochila e cantando as palavras:

Tô vindo falar,
Apelar pro meu irmão.
Tô vindo de longe,
Muita estrada, muito chão.
Já vivi de tudo,
Fiz até revolução.
Mas até parece
Quem tem uma maldição.
De repente o cara morre,
Vai pro fundo do caixão.
E não fica nada, não.

Ao ouvir a música, Zé Miguel entendeu o que o amigo quis dizer quando tinha falado que não parecia *rap*. Tinha as mesmas palavras que a gente usa, só que não nesse tipo de música. O outro repetia o estribilho, improvisava em cima dele:

De repente o cara morre,
Vai pro fundo do caixão,
Vai pro fundo do caixão,
E não fica nada, não.

Fácil de aprender. Num instante, Zé Miguel estava cantando junto. Divertido. Um moreninho de cabelo descolorido, que viajava no mesmo ônibus, sentado num banco na frente deles, se virou na direção dos dois e começou a cantar junto. Robinho repetiu aquele mesmo trecho mais uma vez e depois seguiu adiante:

Tá se achando o tal,
Muito fera, grande homem.
Foto no jornal,
Muita grana, faz um nome.
Tá com tudo em cima,
Passa bem, não tem mais fome.
Monte de menina,
Na zoeira o medo some.
De repente, créu,
Papo some, a terra come.
Sem ideia no papel.
Vai pro fundo ou vai pro céu.

Mensagem para você **119**

Os outros dois acompanharam, cantando junto o novo estribilho:

De repente, créu,
Papo some, a terra come.
Sem ideia no papel.
Vai pro fundo ou vai pro céu.

Em seguida, quando mais gente no ônibus já prestava atenção e se animava para cantar junto, Robinho emendou:

Chega de conversa,
Pó pará com essa mania.
Monte de palavra,
Alto som e cantoria.
Se ninguém ler nada,
Tudo vai sumir um dia.
Se não ficar escrito,
De que vale a poesia?

E aí voltou:

De repente o cara morre,
Vai pro fundo do caixão,
Vai pro fundo do caixão,
E não fica nada, não.

Mais gente começou a cantar. Foi uma animação geral, com batuque e cantoria. Como é que pode? Tanta empolgação pra falar de morte...

De repente, alguém reconheceu Robinho:

— Você não é o Robson Freitas, da rádio?

Uma senhora quis logo aproveitar a oportunidade e pediu que ele divulgasse umas reclamações no programa: os ônibus não estavam parando no ponto para apanhar passageiros idosos.

— Também não param quando tem aluno de escola pública, de uniforme — falou uma garota.

— É a mesma coisa. Não param pra não ter de dar desconto — disse um mecânico de macacão, que batucava numa caixa de ferramentas. — Você podia aproveitar e fazer uma campanha pela rádio, denunciar esse abuso.

— E também a falta de respeito com os deficientes — gritou outra voz, vinda de um banco nos fundos do ônibus.

Todo mundo tinha uma crítica qualquer para fazer, a música foi até diminuindo. Robinho tinha de responder, pedia que telefonassem para a rádio, prometia botar no ar todas as queixas.

Zé Miguel ficou impaciente, estava louco para conversar mais sobre o *rap* e a mensagem que viera junto, queria tentar descobrir se podia ser coisa do gaiato erudito, agora atacando de compositor popular. Mas não tinha uma brecha para falar com calma.

Estava quase na hora de saltar do ônibus. Só conseguiu insistir:

— Vem comigo, cara. Almoça lá em casa.

— Não vai dar, já disse — respondeu o outro.

— Tô precisando levar um papo sério contigo.

— Então me liga de noite. Ou aparece lá na rádio depois do programa.

Só dava mesmo para se despedir.

Mensagem para você

— Tudo bem. Então, tchau — disse Zé Miguel, já se levantando.

Ia ter de esperar mais um pouco. Enquanto isso, a música não saía da cabeça dele. Entrou no prédio cantarolando:

Se ninguém ler nada,
Tudo vai sumir um dia.
Se não ficar escrito,
De que vale a poesia?

É... podia mesmo ser coisa do *hacker*. Aquela mesma conversa de ler e escrever. Bom pretexto pra trocar umas ideias com a Soninha. Quem sabe ela não ia mais tarde com ele encontrar o Robinho na saída da rádio, para baterem um papo e ver se descobriam mais alguma coisa? Era sempre bom ter uma chance de se encontrar com ela no fim de semana. E, com um assunto desses, ficava mesmo bem natural.

10 Uma janela congelada

— Alô, Zé Miguel? Tudo bem?

Quando o telefone tocou, Soninha estava tão fascinada pela conversa de Fabiana que fez uma coisa surpreendente até para si mesma. Em vez de dar um *oi!!!* bem exclamativo e alegre, interrompendo tudo para falar com Zé Miguel, como sempre costumava fazer, respondeu meio automaticamente. Falou só um pouquinho e emendou:

— Desculpe, mas estou meio ocupada. Posso te ligar daqui a pouco?

Zé Miguel nem sabia bem o porquê, mas ficou meio chateado por ser descartado assim. Argumentou:

— Vê se não demora, Soninha, é urgente.

Para aguçar a curiosidade da menina, acrescentou:

— Acho que pode ser importante. Talvez a gente tenha uma pista muito boa para descobrir o gaiato erudito. Mas vamos ter de correr e pode ser que o tempo seja curto.

Tinha certeza de que, ao ouvir isso, Soninha largaria tudo para conversar com ele. Não estava preparado para a resposta que ouviu:

— Então vem logo pra cá, porque também tenho uma pista ótima e não posso interromper agora pra não perder. Tchau.

Pronto. Clique.

Clique! Telefone desligado! Não era possível!

Mas era verdade. Tinha acontecido.

Devia ser mesmo alguma coisa muito séria. O jeito era ir. Apesar de estar morrendo de fome.

Na verdade, esse era um estado quase permanente para Zé Miguel, mas se acentuava muito em circunstâncias como aquelas: mais de meio-dia, depois de jogar uma partida de futebol disputadíssima, cabeça trabalhando a mil por hora. Precisava comer alguma coisa antes de ir.

Passou pela cozinha, pegou uma banana e um pãozinho que sobrara do café da manhã e foi saindo porta afora.

— Tchau, mãe, vou pra casa da Soninha.

— Mas agora, meu filho? O almoço já vai pra mesa.

— Não dá tempo, é urgente.

— Então põe pelo menos uma fatia de carne dentro desse pão. Assim você vai comendo pelo caminho.

Irresistível. O cheirinho daquela carne assada com molho ferrugem já estava deixando Zé Miguel com água na boca. Enquanto preparava o sanduíche, a mãe deu um recado:

— Ai, quase ia me esquecendo… Aquela sua colega, Fabiana, telefonou umas três vezes. Eu disse que você estava na escola, no jogo de futebol. Então ela falou que ia para a casa da Soninha.

Fabiana? Querendo falar com ele?

— Parece que o Mateus também ia, porque ele ligou te procurando e eu disse que talvez você fosse até lá encontrar as duas quando chegasse, porque a Fabiana tinha insistido muito. Mas acho que ele já estava sabendo.

O que estaria acontecendo?

Mateus não tinha ido jogar porque estava gripado. Nem tinha ido à aula na véspera. Talvez Fabiana tivesse telefonado para ele também — e é claro que, com ou sem gripe, ele jamais resistiria a um chamado dela. Provavelmente estavam todos reunidos na casa de Soninha. Mas assim de repente, numa manhã de sábado, por quê?

Ainda bem que Zé Miguel só chegou depois que os outros dois já tinham tido bastante tempo para entender a história de Fabiana. Porque, claro, ela tinha contado tudo aos poucos, daquele jeito meio desligado, revelando elementos importantes no meio de uma porção de outras coisas, como se nem desconfiasse do que aquilo poderia significar, enquanto focalizava a atenção em outros aspectos que, para eles, eram inteiramente secundários.

De qualquer modo, Soninha e Mateus tinham entendido e podiam resumir para Zé Miguel, sem muitas hesitações nem idas e vindas. Porque, se tivesse ficado mais uma vez naquele chove não molha, Zé Miguel não ia mesmo aguentar. Fabiana era muito legal, mas tinha horas que ele ficava na maior irritação com o jeito de ela contar qualquer coisa. Ou não contar, para ser mais exato.

Assim que o amigo entrou, Mateus foi logo anunciando:

— O *hacker* fez contato de novo com a Fabiana.

— Como?

— Bom, depois do que aconteceu e das nossas conversas, eu fiquei pensando em toda aquela história de modelo de mulher e resolvi pesquisar um pouco sobre isso na internet. Foi incrível. Imagine que descobri... — a menina começou a falar.

Soninha interrompeu, amigável, mas firme:

— A Fabiana fez uma porção de descobertas sensacionais sobre as condições de vida das mulheres em um monte de lugares. Depois eu te conto em detalhes. Mas de repente, no portal de uma biblioteca universitária, encontrou um formulário de cadastro que tinha no final um pedido para o usuário se compro-

meter a não usar aquelas informações para fins comerciais. Ela concordou. Aí pipocou uma janelinha na tela exigindo que ela assumisse também o compromisso de não abandonar a palavra escrita, não deixar de ler textos, livros, uma coisa assim.

— Achei muito esquisito e não entendi bem, mas eu estava louca para seguir adiante, por isso cliquei no quadradinho — explicou Fabiana. — Aí apareceu outra janela pedindo que eu levasse esse compromisso para a minha rede de amigos. Achei mais esquisito ainda. Mas concordei de novo e fui em frente. Queria procurar umas coisas que eu estava pesquisando e sabia que eles tinham um trabalho sobre as mulheres no Afeganistão, no regime dos talibãs. Gente, é incrível como hoje em dia ainda existem essas situações. Afinal, foi há muito pouco tempo. Elas não podiam estudar, trabalhar, nem sair na rua. Nunca, pra nada. Nem mesmo pra comprar comida. Se não tivessem um homem na família, morriam de fome. E como o país estava em guerra...

Soninha interrompeu:

— Aí apareceu uma terceira mensagem. Em letras grandes.

— Na verdade, eram duas mensagens na mesma janela, de dois tamanhos — corrigiu Fabiana. — Uma perguntava: "Sem ler o que foi escrito, de que vale a história?". A outra, em letras maiores, tinha um ponto de exclamação no final: "NÃO ABANDONE SEUS ANTEPASSADOS. LEIA O QUE ELES ESCREVERAM. CHEGA DE TRAIÇÃO!". E no fim de tudo, quase como se fosse um desafio, perguntava: "COMO É? VAI OU NÃO VAI ME SOCORRER?".

— Bem assim? Exatamente com essas palavras? Você tem certeza? — conferiu Zé Miguel.

— Tenho, sim, porque ficou congelado na tela, não ia embora, deu pra decorar. O único jeito de sair foi reiniciar tudo. E mesmo assim aconteceu tudo de novo. Concordei com tudo nas janelas anteriores e, quando chegou aquela, foi a mesma coisa. Congelou de novo. Fiquei presa ali. Tive que começar outra vez. Mas aí eu não saí mais concordando. Um pouco antes, quando já estava no portal da universidade, tinha a opção "Fale conosco". Então eu mandei uma mensagem reclamando do que tinha acontecido.

— E eles?

— Responderam. Só no dia seguinte, mas responderam. Só que não adiantou muita coisa. Disseram que não tinham nada a ver com aquilo — falou Fabiana.

— Responderam mais do que isso, não foi? — lembrou Mateus. — Você nos contou que eles explicaram que a biblioteca da universidade está fazendo uma grande campanha em defesa da leitura, mas que aquela mensagem não era deles. E achavam que também não era de nenhum dos associados à campanha. Parece que o projeto da biblioteca é uma coisa grande, com a participação de uma porção de instituições. Responderam que devia ser um equívoco.

— É, isso mesmo. Disseram que estão mobilizados para a proteção da palavra escrita e interessados em envolver muito mais gente nesse projeto, pois é tarefa de todos nós… Toda uma geração, diziam, pois querem atingir toda a comunidade. Eu li e reli, lembro bem. Essa mensagem eu tenho no meu *e-mail*. Vocês podem ler depois. Ou, se quiserem, eu posso imprimir…

Mateus aproveitou a deixa para dizer que não precisava imprimir o texto, mas que depois talvez ele desse uma passadinha na casa dela para ler e conferir uns detalhes. A menina sorriu (sorriu!) e aceitou. Disse até que achava uma boa ideia.

Enquanto isso, Soninha recapitulava para Zé Miguel o resto do que Fabiana já lhes contara antes:

— Mas acontece uma coisa, Zé: o pessoal da universidade também garantiu que não tinha escrito aquilo. Os dois professores que assinavam a resposta disseram que jamais usariam aqueles termos. Ficaram até meio ofendidos, dizendo que aquela linguagem forte não fazia parte da campanha, que não usavam palavras como *socorrer*, *abandonar* e *traição*.

Fabiana acrescentou outros detalhes:

— Falaram até que, com certeza, tinham sido invadidos por algum aluno brincalhão querendo desmoralizar a iniciativa. Pediram desculpas pelo tom agressivo e disseram que iam tentar apurar e tomar providências.

— Claro que foi o nosso *hacker*... — disse Mateus.

— Nosso? De quem? A gente não tem nada a ver com isso — protestou Soninha.

Zé Miguel discordou:

— Pois eu acho que é um pouco nosso, sim. Porque a toda hora ele (ou ela) fica falando conosco. E pode ser interessante a gente tornar a falar com a universidade, contar isso. Afinal, eles devem ter uma organização inteira para cuidar dessas coisas, condições de segurança muito melhores do que as nossas.

— É, pode ser... — lembrou Soninha. — Mas de saída já estão achando que o culpado pode ser algum aluno. Quer dizer, desconfiam de gente quase da nossa idade. Então podem achar que nós temos alguma culpa. Eu acho melhor ficar de fora. Pode sobrar pra nós.

— Mas eles podem apurar muito melhor, tentar levar isso a fundo...

Mensagem para você **131**

Ficaram em silêncio diante da sugestão e da insistência de Zé Miguel. O que valeu foi a proposta de Fabiana:

— Pois eu acho que não devemos tomar essa decisão sozinhos, assim sem mais nem menos, de uma hora pra outra. É melhor falar com o Caíque, que é advogado e está acompanhando tudo. Acho que abrir o jogo com a universidade pode ser legal, eles são uma instituição, têm departamento jurídico e técnico, podem ir muito mais fundo na apuração desse mistério. Mas, para ninguém achar que nós temos alguma coisa a ver com isso, o melhor era mesmo o Caíque nos representar e cuidar disso. Nesse caso a gente não precisa se preocupar. Porque, afinal de contas, é para isso mesmo que o direito existe, para defender os cidadãos, garantir o respeito a todos em uma sociedade, proteger os mais fracos. Por exemplo, nos casos de violência doméstica, se fosse depender apenas de um delegado de plantão, a mulher ficaria inteiramente indefesa. Se não existisse...

Começou então um inesperado discurso sobre o valor das leis e a importância da justiça, com uma fluência que foi deixando os amigos pasmos. Nem parecia a mesma Fabiana que conheciam havia tantos anos. Ou não? De certo modo, eles sempre souberam que, por baixo daquela aparência meio borboleteante e fútil, havia alguém consistente, inteligente, com boas ideias — ainda que meio dispersiva. Só que raras vezes ela se manifestava assim, tão clara e fluente, tão segura de si.

Mateus ouvia, embevecido, pensando que Fabiana ficava ainda mais linda desse jeito, toda empolgada, com brilho nos olhos. Soninha ia se manifestar com um elogio brincalhão aos dotes oratórios da amiga, porém Zé Miguel percebeu e cortou rápido, para não se afastarem do ponto que vinham discutindo:

— Ótima ideia! Acho que estamos todos de acordo. Depois a gente fala com o Caíque. Mas agora podíamos ver o que nós pensamos disso tudo que a Fabiana contou.

Todos concordaram e ele prosseguiu:

— De minha parte, eu acho que foi um passo importante do *hacker*. Ele partiu para um apelo mais direto e desta vez se expôs mais, se alojou num portal poderoso, com mais possibilidade de deixar rastros. Quer dizer, chegou mais perto, mas também, de certo modo, talvez tenha permitido que nós possamos nos aproximar também. Ainda mais porque há outra coisa que eu também quero falar para vocês. O Robinho me contou hoje cedo uma história que confirma esse novo movimento do gaiato erudito. É uma coisa que pode ser meio urgente. Mas antes devíamos encerrar esse ponto da Fabiana, para não ficar solto.

Virou-se para o amigo e perguntou de forma bem direta:

— Mateus, qual a sua opinião?

— Estou inteiramente de acordo. Com o que você disse agora e com a proposta da Fabiana antes. Mas queria falar que toda essa história confirma também aquilo que eu venho achando e dizendo há um tempão: esse cara é alguém que está pedindo socorro e quer a nossa ajuda.

— Isso mesmo! — confirmou Soninha. — Só que agora nós já sabemos para quê.

Fez-se um ligeiro silêncio e ela relembrou o que já estava óbvio, mas ninguém ainda formulara com todas as letras.

— O que ele está pedindo, quase implorando, é que a gente não deixe de ler.

— Mas por quê?

A pergunta de Fabiana ficou no ar, porque bem nesse momento a mãe de Soninha veio chamá-los para almoçar, se desculpando:

— Eu não sabia que vocês vinham, a Soninha não tinha me avisado. Mas fiz uma farofinha com ovo no capricho, para acompanhar o arroz com feijão. E tem bastante salada e um monte de quiabo e couve.

Para falar a verdade, com exceção de Fabiana, sempre preocupada em comer legumes e verduras, ninguém fazia muita questão de quiabo e couve. Mas a fome era grande. Trataram de interromper a discussão e foram para a mesa.

11 Gregório Alvarenga oferece

No fim da sobremesa, o assunto voltou. Enquanto terminavam de comer a goiabada, Soninha se lembrou de perguntar a Zé Miguel:

— Você não falou que também tem uma pista? O que é?

O menino acabou de engolir o último pedaço de doce, tomou um gole d'água e contou a conversa que tivera com Robinho no ônibus. Até cantarolou uns pedaços do *rap* que tinham ficado na lembrança.

— E você está achando que o gaiato erudito agora virou compositor de *rap*? — estranhou Soninha.

— Eu também acho que pode ser ele — concordou Mateus.

— Tem uma coisa em comum, que é se meter num computador quando a gente menos espera.

— Ou num celular — completou Fabiana.

— É... pode ser... — disse Soninha com um ar de quem não estava muito convencida ou estava meio com sono.

— Claro que pode ser — disse Mateus. — Não podemos abandonar nenhum indício a esta altura. O Zé Miguel está certo. Essa é uma pista boa e muito urgente.

Sentindo aquela lombeira que dá depois de almoçar tão bem, Soninha perguntou:

— Urgente? Por quê?

— Porque hoje é sábado! — disseram Zé Miguel e Mateus ao mesmo tempo.

As meninas caíram na gargalhada. Lembraram de um trabalho que tinham feito na aula de português, sobre um poema do Vinicius de Moraes chamado "O dia da Criação". Numa apresentação, em frente da classe inteira, Zé Miguel e Mateus ficavam repetindo em coro aquela frase, a toda hora, numa ladainha que durava um tempão:

Neste momento há um casamento
Porque hoje é sábado
Há um divórcio e um violamento
Porque hoje é sábado
Há um homem rico que se mata
Porque hoje é sábado
Há um incesto e uma regata
Porque hoje é sábado

E seguia por aí afora. Um poema enorme e muito legal. Eles não sabiam de cor, o trabalho fora coletivo, cada um havia lido um verso na apresentação e os dois, Mateus e Zé Miguel, eram o coro, ficaram só repetindo aquele refrão. Por isso agora ele veio fácil à memória.

A lembrança foi espontânea e divertida. Mas rapidinha. Num instante voltaram ao assunto anterior e Zé Miguel já começava a explicar a sua ideia.

— Como hoje é sábado, é o dia do programa do Robinho na rádio. Vocês podem não ter se lembrado ou não se ligar muito nisso, mas é um programa popular pra caramba. Muita gente ouve. Por isso ele passa a tarde lá, fazendo a transmissão ao vivo. E eu combinei que a gente ia se encontrar com ele no final do programa, pra continuar a conversa e saber mais detalhes. Só que depois pensei uma coisa: pode ser que o cara tente fazer contato de novo. Quem garante que essa tentativa não vai ser hoje? E se for eu quero estar lá.

— Viram como é urgente? — insistiu Mateus.

E Zé Miguel anunciou:

— Urgentíssimo. Ainda mais porque resolvi que não vou só no final do programa. Vou logo agora, antes de começar, pra estar presente se acontecer alguma coisa.

— Ótima ideia! Vamos todos! — sugeriu Mateus.

Em poucos minutos, os quatro saltavam do ônibus bem perto do prédio da rádio. Bem a tempo. Talvez até meio atrasados, porque o programa já tinha começado. Mal entraram na salinha da recepção, já ouviram a voz de Robinho pelo sistema de som. Tinha acabado de apresentar o primeiro bloco: uma entrevista com um líder comunitário a propósito de algumas

costureiras que estavam formando uma cooperativa para participar de um evento de moda. Depois de uma vinhetinha, o locutor anunciou:

— E agora, quem quiser que me entenda. Chegou a hora da oferenda.

Era sempre assim que ele dava início à segunda parte do programa, quadro em que um ouvinte telefonava para oferecer uma música a alguém. Depois da frase de introdução, Robinho repetiu a vinhetinha e falou bem claro:

— E, agora, Gregório Alvarenga oferece para Zé Miguel, Soninha, Fabiana, Mateus e Guilherme.

Os quatro se entreolharam:

— Somos nós!

Foi uma surpresa ouvir os nomes deles na voz do Robinho — o famoso locutor Robson Freitas —, ainda mais para receber a homenagem de alguém que lhes oferecia uma música pelo rádio, bem na hora em que estavam chegando. Só faltava o Gui. Em seguida, quando já ouviam os primeiros acordes, eles se deram conta de que, além da coincidência, também havia um mistério:

— Quem?

— Sei lá!

— Você conhece algum Gregório Alvarenga?

— Eu não.

Enquanto seguiam pelo corredor em direção ao estúdio, a música já começava:

— *Eu nasci há dez mil anos atrás...*

— Essa não! O cara está nos mandando um recado musical! — exclamou Mateus, o primeiro a perceber o que estava acontecendo. — Resolveu contar quem ele é.

— Gregório Alvarenga? Gregório Alvarenga? — repetia Zé Miguel. — De onde saiu esse cara agora?

— Mas essa música existe, eu já ouvi, é do Raul Seixas. Meu pai tem esse CD — disse Soninha.

Foram andando enquanto falavam. A rádio não era grande e Zé Miguel conhecia bem, não precisava que ninguém lhe mostrasse o caminho. As pessoas que trabalhavam ali também os conheciam. Ele e Mateus já tinham ido lá muitas vezes encontrar Robinho. Mas, ao chegar diante da porta do estúdio, pararam. Bem em cima, tinha uma luz vermelha acesa.

— Não dá pra entrar. Olhem a luz. Está no ar — avisou Mateus. — Vamos ter de esperar aqui fora.

Será que tinham ido até ali à toa? Bom, pelo menos chegaram a tempo de ouvir aquela homenagem musical surpreendente. Podiam ficar ali no corredor, ou numa saletinha ao lado, onde havia algumas cadeiras. Podiam sentar e ouvir o restante do programa enquanto esperavam para conversar com Robinho.

Mas Zé Miguel parecia decidido a não ficar esperando sem fazer nada.

— Não. Eu vou entrar.

— E a luz vermelha? — insistiu Mateus. — Não pode, vai atrapalhar tudo.

— Está no ar, mas agora ele não está falando. É só música. Já vi um técnico entrar e sair, mais de uma vez. Não vai atrapalhar, o Robinho está no aquário. Eu vou entrar. Se alguém mais quiser vir, vamos logo.

Não deu nem tempo de Fabiana perguntar que história era aquela de aquário. Com certeza Robinho não estava todo molhado, entre bolhas, algas e peixes decorativos. Zé Miguel levou o dedo indicador diante dos lábios, pedindo silêncio, e já estava abrindo a pesadíssima porta. Soninha grudara nele e ia entrando junto. Para não ficar ali sozinha, Fabiana estendeu uma mão, segurou a de Mateus, que seguia os dois, e se preparou para entrar também.

Seu gesto quase atrapalhou tudo. Ao sentir a mão da menina, Mateus ficou paralisado por um instante, sem condições de dar um passo à frente. Pela porta entreaberta, Fabiana já via Zé Miguel e Soninha lá dentro, ao lado de uma mesa cheia de botões e controles, diante da qual havia um técnico, que estava de frente para uma parede de vidro que os separava de um cubículo. Na certa era por isso que se chamava aquário. Lá dentro, Robinho estava sentado a uma mesa, com fones de ouvido. Bem em frente dele, um microfone e uns papéis espalhados.

Imediatamente o técnico se virou para os quatro e deu uma bronca:

— Ei, não pode entrar! Fecha essa porta!

Do outro lado do vidro, Robinho os tinha visto e fazia um sinal, cumprimentando. Depois fechou a mão com o polegar para cima e indicou ao técnico que estava tudo bem, podiam ficar. O sujeito continuou a reclamar, gesticulando e apontando a porta. Enquanto tudo isso se passava, Mateus não saía do lugar, de mãos dadas com Fabiana, sentindo o coração — cutum--cutum-cutum — bater mais forte do que o som de toda a rádio, que estava no ar para a comunidade inteira, com uma potência de mais de não sei quantos mil watts.

A menina aproximou a boca do ouvido dele e disse:

— Anda! Entra logo!

Mensagem para você | **143**

Mateus entrou, meio zonzo, sem largar a mão dela. Se dependesse dele, não soltava aquela mãozinha nunca mais. E ela, empurrando com a mão esquerda a porta pesada por onde tinham entrado, parecia que também tinha se esquecido de seus dedos enlaçados com os dele, enquanto o técnico fazia recomendações.

— Atenção, fiquem quietos, ele vai entrar no ar.

Apertou um botãozinho e falou em outro microfone, para Robinho poder ouvir lá dentro:

— Dez segundos.

Robinho pigarreou para limpar a garganta enquanto o técnico girava um botão enorme na mesa de som e baixava devagar o volume no final da música. E o locutor anunciou de novo:

— Gregório Alvarenga acabou de oferecer "Eu nasci há dez mil anos atrás" para seus amigos. E agora está aqui para conversar um pouco conosco.

Está aqui? Soninha levou um susto. Imaginou que o tal cara ia entrar pelo estúdio adentro, em carne e osso. Não costumava ouvir o programa do Robson Freitas nem sabia que muitas vezes ele batia um papinho pelo telefone com o autor da homenagem musical.

— Boa tarde, Gregório. Tudo bem?

Quem respondeu foi uma voz meio metálica, vinda de uma daquelas caixas de som enormes:

— Nunca estive melhor, Robson.

Havia um enorme contraste com a voz de Robinho, cheia, quente, empostada, com jeito de locutor profissional:

— Muito bem, Gregório. E de onde você é? Onde mora?

— Ah, um dia aqui, um dia ali... — respondeu a voz. — Não tenho pouso fixo.

Enquanto os amigos ouviam aquilo surpresos, Zé Miguel pegou uma caneta hidrográfica em cima da mesa e começou a escrever algo numa folha de papel. Letras grandes, grossas, fáceis de ler do outro lado do vidro. A conversa continuou:

— Mais um ouvinte com problemas de moradia, meus amigos... E em que você trabalha?

— Tenho feito de tudo por estas vidas afora — foi a resposta.

Estas vidas? Soninha e Fabiana se entreolharam. Zé Miguel acabou de escrever e levantou a folha de papel para mostrar a Robinho. Mateus continuava hipnotizado pela mão de Fabiana dentro da sua, como se estivesse congelado. Ou como se nem estivesse ali.

Do outro lado do vidro, o locutor Robson Freitas leu a mensagem de Zé Miguel: "PERGUNTA SE O NOME DELE É MESMO ESSE".

Com muita prática em ir improvisando e falando, Robinho logo emendou:

— Temos aqui conosco o nosso ouvinte do dia, na homenagem musical, Gregório... Desculpe, Gregório. Pode repetir seu nome completo?

— Gregório... de... Gonzaga — disse a voz, após leve hesitação.

— Gonzaga ou Alvarenga? — corrigiu Robinho, atento a um dos papéis sobre a mesa.

Desta vez a resposta veio sem nenhuma hesitação:

— Gonzaga ou Alvarenga. Dá no mesmo. Como Gregório, tanto faz. Todos são poetas. E corajosos. Mestres da palavra escrita.

Zé Miguel escrevia furiosamente em outra folha, enquanto o entrevistador fazia a pergunta seguinte:

— Então seus pais gostavam muito de poesia e seu nome é Gregório de Gonzaga Alvarenga, uma homenagem a vários poetas?

Viu a outra folha que Zé Miguel levantava: "DIZ QUE NÓS ESTAMOS AQUI". O outro respondia:

— Isso de nome não importa. Um nome... O que há num nome? Eu poderia ter o nome de um time inteiro, porque sou muitos.

Do lado de cá da parede de vidro, o técnico deu uma gargalhada e comentou:

— O cara é completamente pirado! Deve estar ligando do hospício. Quero ver como é que o Robson sai dessa.

Mas Robinho parecia bem à vontade. Continuava a conversa com o ouvinte da voz metálica:

— Meu caro Gregório Alvarenga, acho que tenho uma surpresa para você. Os seus amigos a quem você acaba de dedicar a música, ou pelo menos alguns deles, estão conosco aqui no estúdio. Eu podia dizer que nossa produção se esforçou em localizá-los, mas prefiro falar a verdade. Foi só uma tremenda coincidência, porque eles também são meus amigos e vieram me ver.

— Eu sei... — disse Gregório ou sabe lá quem fosse o dono da voz, com seu time inteiro de nomes.

Sabia o quê? Que estavam ali ou que eram amigos do locutor? Mas parecia que Robinho nem ouviu aquelas duas sílabas tão curtinhas, porque continuou falando:

— Se quiser, você pode dizer algumas palavrinhas. A todos os que nos ouvem, é claro. Mas especialmente a eles, que estão quase todos aqui.

— Quase por quê? Quem falta? A Fabiana está aí?

Enquanto Robinho explicava que o único dos homenageados ausente era o Guilherme, aconteceu algo inesperado. Ao ouvir o nome de Fabiana dito por aquela voz metálica, Mateus de repente despertou do congelamento que o paralisara. Largou a mão da menina, deu um passo à frente em direção à mesa do técnico e apertou o tal botãozinho que pouco antes ligara o microfone da saleta e permitira a comunicação direta com o aquário, quando o rapaz avisara Robson que entraria no ar em dez segundos. Todos ouviram a voz de Mateus atropelando tudo, transmitida para a comunidade inteira de ouvintes:

— Qual é, cara? Por que esse interesse? O que você quer com a Fabiana?

— Calma, rapaz, só perguntei porque já conversei com ela antes. Estou mais acostumado — respondeu Gregório sabe-se-lá-o-quê com sua distorcida voz metálica de computador.

— Pois agora pode conversar conosco — emendou Mateus, ainda apertando o botão.

Rapidamente, do outro lado do vidro, Robson Freitas tentou reassumir o comando da situação. Na salinha onde estavam os amigos, enquanto o técnico dava um peteleco na mão de Mateus para que ele tirasse o dedo do controle, o apresentador se dirigia aos ouvintes:

— Meus amigos, vocês acabam de ouvir um dos homenageados desta tarde. Mateus, em visita a nossos estúdios graças aos esforços de nossa equipe de reportagem, fez algumas perguntas a Gregório Alvarenga. Esta é a Rádio Comunitária de Vila Teodora, com o programa Robson Freitas, sempre no ar para fazer amigos e dar voz a todos. E então, Gregório, o que você tem a dizer a todos nós?

— Bom, como representante de tantos poetas, tudo o que tenho a dizer está nos versos que escrevemos, à espera de um leitor que venha encontrar esses poemas e descobrir neles as emoções e os pensamentos que atravessam distâncias e vencem os tempos.

Achando que precisava dar um jeito naquela conversa maluca e tratar de seguir com seu programa, Robinho preparou uma despedida para anunciar antes de tocar outra vinhetinha e passar ao módulo seguinte da programação.

— Muito bem, este foi Gregório Alvarenga, o ouvinte participante de hoje. Muito obrigado por suas palavras, em nome de todos os nossos ouvintes.

Do outro lado do vidro, o técnico relaxou, sentindo que ia acabar aquela tensão de tantos improvisos e intromissões fora do roteiro. Estava se preparando para entrar com a vinhetinha musical assim que Robinho lhe desse o aceno de sempre. Antes, porém, Mateus aproveitou a brecha e apertou outra vez o botãozinho que ligava o microfone. Mas agora tinha tido tempo para pensar e pôr as ideias em ordem, não era mais só uma explosão de ciúme. Conseguiu perguntar com calma e muita objetividade:

— Aqui é o Mateus de novo. Desculpe, Gregório, mas antes de ir embora você não pode nos dizer rapidamente se está precisando de ajuda? E o que podemos fazer para ajudar?

— Em poucas palavras, por favor, que nosso tempo está acabando — ainda tentou interferir Robinho.

— Preciso de ajuda, sim, e muito. Na verdade, devo dizer que o que eu estou fazendo com essa homenagem musical é aproveitar este programa de rádio para pedir socorro, porque há muito tempo vejo como o Robson Freitas vem fazendo um trabalho tão importante, tentando auxiliar todas as pessoas. Este é um pedido de socorro, você entendeu bem. E eu preciso muito mesmo de ajuda.

O comentário desarmou Robinho. Ainda tinha muito tempo, o programa durava a tarde toda. E agora não podia simplesmente cortar o tal Gregório de Gonzaga ou Alvarenga e tirá-lo do ar, como pretendia. O jeito era continuar.

— Pois então explique o seu caso. Mas seja objetivo, por favor, não temos muito tempo.

— Posso contar minha história? Vai ser preciso, para vocês entenderem.

— Em poucas palavras, poucas palavras…

— Bom, acho que podemos dizer, de forma resumida, que eu trabalhei durante algum tempo num laboratório e, numa experiência meio malsucedida, sofri um acidente. Um dos produtos que meu patrão costumava usar respingou em mim. E eu fiquei com sequelas. Para sempre.

Acidente de trabalho. Uma coisa concreta. Robinho estava acostumado a ouvir histórias parecidas. Mais à vontade agora, podia comentar e seguir com a programação:

— Nosso programa já tratou de problemas semelhantes. Temos um advogado trabalhista que nos orienta. Creio que podemos recorrer a ele para ajudá-lo. O que o amigo precisa fazer é nos escrever uma carta contando em detalhes tudo o que aconteceu, dar o nome da empresa, explicar se alguém mais estava presente e viu, dizer quando isso aconteceu, enfim, todas essas coisas. Todos os detalhes que tiver. Se puder, junte provas: o registro de entrada em hospital, o testemunho de um colega, por exemplo. Ou mesmo um boletim de ocorrência policial, se por acaso houve queixa. Nós vamos estudar a situação com carinho e ajudar a encaminhar seu pedido de indenização.

Enquanto Robinho dizia tudo isso ao vivo, na salinha de som os amigos trocavam ideias entre si. Claro! Já sabiam do que se tratava. Era o tal incidente com o mago lá na Idade Média, que o gaiato erudito contara no meio do jogo do computador do Guilherme. Um pouco do elixir da juventude respingara e ele ficara meio zumbi, pairando por aí afora em todos os tempos. Agora o cara confirmava.

— Não, eu não quero indenização, não. Só quero poder descansar — explicava Gregório.

— E como nós podemos ajudar? Quer ser encaminhado a uma clínica de repouso? — perguntou Robinho.

Todos ouviam com atenção. Dos dois lados do vidro. E talvez toda a comunidade que a rádio alcançava estivesse ouvindo.

— Foi por isso que eu entrei no concurso de *rap*. Com aquela música que dizia isso.

Robinho logo identificou de que *rap* ele falava. Cantarolou o estribilho:

Se ninguém ler nada,
Tudo vai sumir um dia.
Se não ficar escrito,
De que vale a poesia?

Depois continuou comandando o programa:

— Ah, foi você? Então se trata de um velho amigo do nosso programa. Mas não reconheci seu nome desta vez, quando você fez a homenagem musical.

— É que agora usei outro nome. Mas tudo isso é para lembrar a vocês todos que a poesia é eterna. As histórias também, toda a literatura é eterna. É ela quem tem que durar, não a gente. As pessoas vão mudando, umas morrem e outras nascem. Mas as coisas que estão escritas ficam. Atravessam o tempo e o espaço, fazem a comunicação com quem não está perto. Pode ser carta ou *e-mail,* livro ou pergaminho. São a marca que a gente deixa no mundo.

Pronto!, pensou Robinho. Lá vinha o cara delirando outra vez. Ia ser preciso cortar isso.

— O amigo tem razão. Obrigado por nos lembrar disso. Mas agora nosso tempo está se esgotando e vamos nos despedir.

— Só mais uma coisinha — insistiu a voz metálica. — Todo o espírito humano fica vivo para sempre nos livros...

— Está bem, obrigado.

— ... e quando os livros são lidos — continuou a voz, sem parar para respirar nem dar chance para um corte (não dava para desligar no meio da frase de um ouvinte) — esse espírito humano fica sempre vivo, não morre, então eu posso descansar porque tudo o que a humanidade já fez vai continuar por aqui, presente, ajudando todo mundo que nascer em qualquer lugar, mas se a leitura desaparecer eu volto à minha condenação, meu encantamento, minha maldição, essa de ficar pairando sem fim por aí é um perigo, um risco muito grande, um...

Robinho não aguentava mais. O programa daquela tarde estava bagunçado demais e as coisas não podiam continuar assim. Fez um sinal para o técnico, um gesto redondo com a mão, no sentido anti-horário. O cara entendeu e foi girando devagarzinho para a esquerda um botão bem grandão na mesa de controle, enquanto com a outra mão girava outro, também bem lento, em sentido contrário. O volume da voz metálica foi diminuindo enquanto aumentava o som da vinheta.

E assim acabou a conversa com Gregório de Gonzaga, ou Alvarenga, ou seja lá quem fosse. O gozador erudito. O gaiato invasor. O *hacker*. O ajudante de mágico que percorria os tempos defendendo a escrita e a leitura, e que assediara aqueles amigos durante tanto tempo.

12 Como num filme

Sabe esses filmes ou novelas de televisão que no final mostram umas frases contando rapidinho o que aconteceu com cada personagem depois que aquela história acabou? Sem dar detalhe nenhum? Tipo: "Hoje Fulano está na prisão, João e Maria casaram e foram morar na Bahia", "Zezinho das Couves virou presidente da empresa", "Joaquim e Joaquina tiveram trigêmeos e abriram uma barraca para vender melancia na feira da Praia Rasa"... Essas coisas.

Talvez a melhor maneira de terminar este livro aqui fosse fazer o mesmo. Porque tudo o que realmente interessa nessa história já foi contado. Só falta é uma conclusão.

Mas, depois de conviver por tantas páginas com nossos amigos, dá pena largar tudo assim de repente. Então vamos ter mais do que só algumas frases — embora não seja muito diferente.

Afinal de contas, essa é mesmo uma coisa meio engraçada: às vezes, a história propriamente dita pode terminar antes do livro. É o que acontece aqui.

De qualquer modo, vou contar.

Os amigos ainda ficaram ali pela rádio, conversando, até o final do programa do Robinho. Mas foram delicadamente convidados a se retirar da técnica. De qualquer modo, não faria muita diferença, porque o misterioso Gregório Alvarenga não voltou a se manifestar. Nunca mais apareceu, nem ali nem em nenhum outro lugar. Nem com esse nome, nem com nenhum outro. Nem em celulares, nem em jogos de computador, nem em anexos a *e-mails*.

Depois de sair da saleta da rádio, os quatro amigos ligaram para o Guilherme, que foi encontrá-los. Robinho também se juntou aos cinco e foram todos para uma lanchonete comer uns sanduíches e conversar. Um papo que começou com a leitura de uma mensagem que chegara no computador da emissora, depois do fim do programa.

Dirigia-se ao famoso locutor Robson Freitas "e seus convidados de hoje". Não tinha identificação legível do remetente no cabeçalho, só uns números e letras misturados de modo aleatório, como se formassem um código. No lugar do assunto, estava escrito: "Mensagem para você". Mas em seguida tudo estava claro. Dava para ler a mensagem toda e entender bem. Sem mistérios. Dizia assim:

Meus amigos,
É bem possível que esta saudação, justamente no dia em que nos conhecemos, seja também uma despedida. Sei que vocês vão

me ajudar, agora que entenderam a aflição pela qual venho passando há tanto, tanto tempo. Seguramente virão em meu auxílio, compreenderam que sou um espírito errante pela eternidade. Com esse socorro que me darão, é possível que não tenhamos mais contato direto. Talvez eu sinta um pouco de falta de vocês, comecei a apreciá-los, me afeiçoei a todos. É, vou sentir saudades, reconheço. Mas não estarei mais sofrendo. De qualquer forma, sempre poderemos nos reencontrar, do melhor modo possível: nas páginas dos livros que vocês lerem, com a alegria e o deslumbramento das descobertas mútuas. Ou seja, na situação para a qual as palavras e seu registro foram criados e aperfeiçoados de maneira a poder resistir a tudo — a linguagem escrita e a leitura. Nessas ocasiões, qualquer ser humano pode cavalgar no tempo e vencer a morte. Lá na Grécia Antiga, o velho Hipócrates, pai da medicina, abriu seus Aforismos *com uma frase que ficou famosa: "A vida é breve, a arte é longa". Tão famosa que até hoje vocês se referem a essa sentença. Esta mesma rádio, ainda há pouquinho, logo antes de o programa Robson Freitas começar, estava tocando "Querida", uma canção de Tom Jobim que repete essa ideia: "O dia passa, e eu nessa lida / Longa é a arte, tão breve a vida...". Poucos séculos depois de Hipócrates, o filósofo romano Sêneca escreveu um livrinho inteiro sobre a brevidade da vida. Acho que faz parte da natureza humana ter consciência de que tudo passa muito depressa e um dia vamos morrer. Os outros animais não sabem disso. É também parte do ser humano outro aspecto: ter vontade de vencer essa barreira. Na Idade Média, muitos alquimistas, como meu patrão e seu amigo Falamel, enveredaram pela procura de um elixir que permitisse sobreviver ao passar dos séculos, individualmente e em carne e osso. Sob a forma de gente mesmo. Não perceberam que a forma de vencer o tempo é outra. Nós só podemos conseguir isso coletivamente, como espécie, por meio da história de todos os homens, uns dando continuação aos outros. Para isso, precisamos da memória, transmitida de uma geração para outra pela palavra escrita, e da arte que essa memória cria, inventando outros mundos ou revelando melhor esta realidade que nos cerca.*

As gotas que respingaram em mim naquela tarde fatídica na torre do mago fizeram com que uma pequena parte de meu espírito, individualmente, tivesse consciência e memória de todos esses escritos pelos tempos afora, sem poder espairecer nunca, sem descanso possível. Nenhum indivíduo suporta isso. Todos carecemos do equilíbrio entre memória e olvido. O esquecimento também traz uma bênção necessária. A vida deve ser mais breve que a arte. Entretanto, a sensação de ameaça que comecei a sentir recentemente, com medo de que as novas gerações mergulhem apenas na imagem e abandonem os textos, me mostrou os perigos que a humanidade pode correr se isso acontecer. Seria um absurdo que o desenvolvimento tecnológico fosse o responsável pelo desaparecimento do melhor que o espírito humano já produziu. Primeiro, não acreditei que isso fosse possível. Mas, quando constatei que a própria natureza e o futuro do planeta estão sofrendo com o avanço desenfreado de novas técnicas que os homens descobrem, fiquei muito preocupado com a capacidade destrutiva da humanidade e resolvi pedir ajuda. Agora estou mais tranquilo. Consegui estabelecer contato com vocês e estou certo de que me entenderam. Posso descansar.

Faço votos de que tenham uma vida longa e feliz, imersos na arte mais longa ainda.

Muito obrigado.

Um abraço do

Gregório Alvarenga Gonzaga Dias Bilac Bandeira Drummond de Castro Alves (e mais uma fileira de sobrenomes que ficavam cada vez mais apagados, de forma a não se distinguirem mais os nomes no fim da lista).

Os amigos leram a mensagem com curiosidade e emoção. Ficaram alguns instantes quase em silêncio e depois desandaram a falar.

— Agora ficou bem claro...

— É... Deu pra entender o que o cara queria.

— E talvez ele nem seja tão maluco assim...

Rememoraram tudo o que lhes acontecera durante o período em que o gozador erudito os visitara. Tudo o que recapitulamos aqui e você já sabe. Não é preciso repetir. Mas eles repetiram para si mesmos, várias vezes, trocando lembranças, prestando atenção em tudo, discutindo os detalhes. Como se pudessem ter esquecido algo. Acabaram chegando à conclusão de que a história era incrível, mas até bem simples, desde que eles topassem suspender a descrença e acreditar.

Então, que jeito? Fizeram de conta que era verdade, mesmo sabendo que não era e não podia ser. Afinal de contas, não é assim mesmo que as histórias funcionam? Nos livros, nos filmes, nas séries de televisão. Não é real, mas a gente finge que acredita e então pode se distrair, se emocionar, se empolgar, pensar, aprender um montão de coisas.

E fizeram de conta que acreditaram na seguinte história:

Uma vez, há muito tempo, o ajudante de um alquimista se atrapalhou numa experiência e um líquido respingou nele. Era uma substância que estava sendo testada para entrar na composição do elixir da longa vida ou da eterna juventude. Uma parte do sujeito, atingida por esse líquido, ficou existindo para sempre. Não no corpo, mas no espírito. Justamente a parte que pode morar em tudo o que a humanidade escreve — para vencer as distâncias e o tempo, expressar-se acima dessas barreiras e conseguir falar com pessoas de outros lugares e outras épocas. Mesmo que mudem as línguas, que idiomas de povos inteiros desapareçam, que as maneiras de escrever se transformem, é isso que fica inteiro. Mais até do que palácios e monumentos de pedra, dos quais só sobram ruínas.

Nos últimos tempos, esse ajudante de mago começou a ficar preocupado, achando que as pessoas estão lendo menos, dando menos valor aos livros. E ficou com medo de que essa leitura, que acompanha a humanidade há milênios, seja substituída só por imagens e se perca, assim, tudo o que toda nossa espécie acumulou até agora. Bobagem, na opinião dos nossos amigos. Afinal, ele reparou que podia usar as novas tecnologias para se comunicar com as pessoas — mesmo que não tenha observado que esses mesmos meios podem ajudar também a escrever mais e a ler mais. De qualquer modo, ele resolveu aproveitar e fazer contato com o pessoal. Por isso veio pedir socorro. No fundo, temia mesmo pela própria sorte. Receava que, se ninguém lesse mais, ele teria de ficar perdido, zanzando e zumbindo para sempre, numa espécie de ondas soltas no espaço, formadas pela reverberação das palavras já ditas e escritas e que ninguém mais se encarregaria de receber.

Soninha, Zé Miguel, Mateus, Fabiana, Guilherme e Robinho discordam do aprendiz de alquimista. São bem mais otimistas. Não acham que a escrita e a leitura estejam acabando. Se depender deles e do pessoal do Garibaldi, não estão mesmo. Mas, por via das dúvidas, para ajudar, resolveram dar uma mãozinha.

Por um lado, saíram contando essa história a todo mundo, inclusive para jornalistas e escritores que poderiam passá-la adiante, para vários leitores — como neste livro — a fim de que se espalhasse por outros leitores. Por outro lado, puseram em prática várias ideias simples, mas interessantes.

Robinho incluiu um módulo de conversas sobre livros em seu programa na rádio — e fez o maior sucesso, os ouvintes ligam para sugerir e debater as leituras.

Além disso, os amigos entraram em contato com a tal universidade que Fabiana descobrira em suas andanças na internet ao pesquisar a condição feminina. Estão participando daquela campanha em defesa da leitura.

O Garibaldi já tinha sala de leitura e eles não precisaram pedir uma. Mas incentivaram outros colégios, onde vizinhos e amigos estudam, a criar espaços legais em que o pessoal pudesse ler. E lá mesmo na escola deles fizeram uma quermesse para levantar fundos a fim de comprar mais livros e contratar uma bibliotecária. Sugeriram que se criasse uma estante de livros na sala dos professores, para que eles pudessem ler. Cada professor levou dois livros e deixou lá, para quem quisesse pegar emprestado. Afinal, ninguém quer ter aula com quem não costuma ler e fica só no mesmo lugar, repetindo as ideias dos outros.

Deve ter ajudado muito, porque Gregório Alvarenga nunca mais apareceu. Deve estar descansando, como tanto queria.

Bom, faltam aquelas coisas de final de filme.

Algumas você deve ter adivinhado. Zé Miguel e Soninha estão namorando. Mateus e Fabiana também.

Guilherme criou um jogo novo, cheio de dicas de livros, e vendeu o projeto para uma empresa de São Paulo. Ganhou uma grana.

Robinho foi convidado para produzir um *Momento Jovem* num canal comunitário de televisão. Está uma celebridade mais famosa ainda.

Andreia se formou e casou com Caíque. Carol continua igualzinha, só que mais velha. Mas ainda adora se meter onde não é chamada. Sorte é que agora tem um bando de amigos e passa o dia pendurada no telefone entretida com suas próprias conversas, sem xeretar tanto as dos outros.

Tudo sem grandes surpresas.

A não ser Fabiana. Essa, sim, saiu por um caminho que ninguém esperava, mas que, talvez, já viesse se revelando dentro dela havia um tempão, embora ninguém tivesse reparado. Desistiu de ser modelo. Agora quer ser um modelo de mulher. Ainda não sabe se vai estudar jornalismo ou direito, só tem certeza de que quer ajudar a defender a condição feminina. Fala em violência doméstica, tráfico de pessoas, países que têm casamentos forçados ou proíbem o trabalho feminino, desigualdades perante a lei. Ela tem muita esperança de que as coisas melhorem. Quer trabalhar para isso e se ocupar profissionalmente das mulheres cujos direitos são tão desrespeitados por este mundo afora. Pelo menos, é bem assim que ela diz. E escreve. Criou um *blog* só para isso. Mas também escreve sobre muitas coisas e lê sem parar. Se depender dela, Gregório (de Matos), (Tomás

Antônio) Gonzaga, Alvarenga (Peixoto) e todos os outros poetas podem ficar tranquilos. Fabiana foi ler a obra deles. Viu que o primeiro criticava a hipocrisia e a corrupção no Brasil do século XVII de forma bem divertida, tanto que o Caetano Veloso até aproveitou um poema e fez uma parceria[4]. E descobriu que os outros dois se meteram até em conspirações políticas e participaram da Inconfidência Mineira. Outra voz poética, a de Cecília Meireles, contou isso num lindo livro de poemas, *Romanceiro da Inconfidência*, depois musicados por Chico Buarque[5]. E também aprendeu que...

Melhor parar, se não a gente não acaba nunca. Ler é assim. A gente vai descobrindo coisas, uma leitura leva a outra, o assunto não termina. Sempre aparece uma novidade. Uma variedade danada, um monte de caminhos interessantes. É que nem a vida.

Mas o livro precisa terminar. Por isso pinga aqui um ponto final.

A não ser que você queira continuar por conta própria. Fique à vontade.

Notas para quem se interessar

1. O título original do livro de Naguib Mahfuz sobre Nefertiti é *Al-Aish-Fi-L-Haqiqa*, publicado em árabe em 1985. Mas há uma tradução para o espanhol, de 1996, de Angel Mestres, editada em formato de bolso, em 2000, pela Edhasa de Barcelona, com o título *Akhenaton*: El Rey Hereje.

2. A lista da Mesopotâmia é de origem sumérica e faz parte de uma lista mais longa citada no livro *Women's work: the first 20.000 years*, de Elizabeth Wayland Barber (Nova York, Norton, 2004). Na "mensagem" que a acompanha neste livro, as referências aos escribas são tiradas de um poema babilônico em homenagem a eles, citado no livro do assiriólogo Jean Bottéro, *Babylone: à l'aube de notre culture* (Paris, Gallimard, 1994).

3. O filme *Camille Claudel* é do diretor Bruno Nuytten (1989). Os atores Isabelle Adjani e Gérard Depardieu interpretam Camille e Rodin, respectivamente.

4. "Triste Bahia" foi gravada em 1972, no disco *Transa*.

5. A canção "Os inconfidentes" foi gravada no álbum *Chico Buarque de Hollanda nº 4* (1970).

anamariamachado

com todas as letras

Nas páginas seguintes, conheça a vida e a obra
de Ana Maria Machado, uma das maiores
escritoras da literatura infantojuvenil brasileira.

Biografia

Árvore de histórias

"Escrevo porque é da minha natureza, é isso que sei fazer direito. Se fosse árvore, dava oxigênio, fruto, sombra. Mas só consigo mesmo é dar palavra, história, ideia." Quem diz é Ana Maria Machado.

Os cento e tantos livros dela mostram que deve ser isso mesmo. Não só pelo número impressionante, mas sobretudo pela repercussão. Depois de receber prêmios de perder a conta, em 2000 veio o maior de todos. Nesse ano, Ana Maria recebeu, pelo conjunto de sua obra, o prêmio Hans Christian Andersen.

Para dar uma ideia do que isso significa, essa distinção internacional, instituída em 1956, é considerada uma espécie de Nobel da literatura para crianças. E apenas uma das 22 premiações anteriores contemplou um autor brasileiro. Aliás, autora: Lígia Bojunga Nunes, em 1982.

Mas mesmo um reconhecimento como esse não basta para qualificar Ana Maria. Dizer que ela está entre os maiores nomes da literatura infantojuvenil mundial é verdade, mas não é tudo.

Primeiro, porque é difícil enquadrar seus livros dentro de limites de idade. Prova disso é a sua entrada, em abril de 2003, para a Academia Brasileira de Letras – instituição da qual já havia recebido, em 2001, o prêmio Machado de Assis, o mesmo concedido a Guimarães Rosa, Cecília Meireles e outros gigantes da literatura brasileira.

Segundo, porque outra obra fascinante de Ana Maria é sua vida. Ela é daquelas pessoas que não param quietas, sempre experimentando, aprendendo, buscando mais. Não só na literatura. Antes de fixar-se como escritora, trabalhou num bocado de outras coisas. Foi artista plástica, professora, jornalista, tocou uma livraria, trabalhou em biblioteca, em rádio... Fez até dublagem de documentários!

Nos anos 1960 e 1970, foi voz ativa contra a ditadura, a ponto de ter sido presa e acabar optando pelo exílio na França. Esse país acabou sendo um dos lugares mais marcantes de suas andanças pelo mundo. Ana também viveu na Inglaterra, na Itália e nos Estados Unidos. Ainda hoje, embora tenha endereço oficial — mora no Rio de Janeiro —, vive pra cá e pra lá. Feiras, congressos, conferências, encontros, visitas a escolas... Ninguém mandou nascer com formiga no pé!

Ana junto à estátua de Hans Christian Andersen, em Nova York.

Fã de Narizinho

Ana Maria publicou seu primeiro livro infantil, *Bento que bento é o frade*, aos 36 anos de idade, mas já vivia cercada de histórias desde pequena. Nascida em 1941, no Rio de Janeiro, aprendeu a ler sozinha, antes dos cinco anos, e mergulhou em leituras como o *Almanaque Tico-Tico* e os livros de Monteiro Lobato — *Reinações de Narizinho* está entre suas maiores paixões.

Ana, aos 2 anos, com a boneca Isabel.

Cresceu na cidade grande, mas passava longas férias com seus avós em Manguinhos, no litoral do Espírito Santo, ouvindo e contando um montão de "causos". Aos doze anos, teve seu texto "Arrastão" (sobre as redes de pesca artesanal, que conheceu em Manguinhos) publicado numa revista sobre folclore.

Muito depois, no início dos anos 1970, outra revista — *Recreio* — deu o impulso que faltava para Ana virar escritora de vez: convidou-a para escrever histórias para crianças. Ana não entendeu muito bem por que procuraram logo ela, uma professora universitária sem nenhuma experiência no assunto. Mas topou.

E nunca mais parou de escrever e de crescer como autora para crianças, jovens e adultos. Nessa trajetória de aprendizado e sucesso, sempre foi acompanhada de perto por uma grande amiga, também brilhante escritora. Quem? Ruth Rocha, que entrou em sua vida como cunhada.

Por falar em família, Ana tem três filhos. Do casamento com o irmão de Ruth, o médico Álvaro Machado, nasceram os dois primeiros, Rodrigo e Pedro. Luísa, a caçula, é filha do segundo marido de Ana, o músico Lourenço Baeta. E então chegaram os netos: Henrique e Isadora.

Fortalecida por tanta gente querida e pelo amor pela literatura, Ana Maria nunca deixou de batalhar pela cultura, pela educação e pela liberdade. Seu maior instrumento é o trabalho como escritora. Afinal, como ela diz, "as palavras podem tudo".

Para saber mais sobre a autora, visite o *site*: www.anamariamachado.com

Bastidores da criação

 Ana Maria Machado

Levei muito tempo escrevendo este livro. Com vários intervalos. Durante alguns anos eu soube que um dia quereria escrever uma história, meio realista e meio fantástica, que fosse uma celebração da escrita. Essa ideia me assombrava, embora eu não soubesse exatamente a forma que o livro ia ter.

Paralelamente, eu pensava também em escrever outra coisa, de que só tinha bem definido o personagem: uma menina que quer ser modelo. Mas que não é bobinha nem superficial. E eu não sabia em que história ela iria entrar.

Acho que quando juntei, de alguma forma, essas duas ideias que estavam soltas em minha cabeça — ou seja, quando a Fabiana começou a existir para mim — foi que comecei a desenvolver a história. Entraram nela várias outras coisas de momentos diferentes da minha vida. A Nefertiti, por exemplo. Tive um excelente professor de história no segundo grau, que falava dela e de outras rainhas egípcias (como a Hatshepsut) de uma forma tão interessante que eu sempre me interessei por elas e lia tudo o que me caía nas mãos sobre esse assunto. Na adolescência, eu sabia uma porção de coisas da vida da Nefertiti e a admirava. Registrava o fato de que, numa sociedade em que meninas não eram estimuladas a ter atividade intelectual, o pai a tivesse preparado para escrever, desenhar e pintar. Como meu pai e meu avô fizeram comigo. Talvez esse seja o ponto de partida mais remoto deste livro. Há alguns anos, num museu, vi um estojinho de escrita de uma menina egípcia e a reprodução de algumas pinturas dela. Uma beleza. Serviu também para lembrar de tudo isso. De nós duas. De mim mesma na adolescência, quando ainda nem sonhava em virar escritora, mas estudava pintura e queria seguir esse caminho na vida. E da Nefertiti. Fiquei com vontade de escrever a respeito. E também de falar sobre outra menina, Camille Claudel, que lutou muito para ser artista.

Mas a escrita de um livro nunca é produto de apenas uma coisa. Sempre se mistura com muitas outras fontes que nem sempre a gente consegue distinguir com clareza. No caso deste livro, sei que entrou também o fascínio que eu sempre tive por iluminuras e manuscritos medievais. Acho incrível imaginar que havia pessoas que dedicavam a vida toda a copiar, a mão, livros inteiros — e graças a isso a cultura da humanidade foi transmitida pelos séculos afora. Toda vez que tenho oportunidade de ver essas obras raras em bibliotecas e museus, me emociono. Devemos tanto a esses copistas e a quem guardou seu trabalho... Quando penso nisso, me dá uma espécie de gratidão histórica. Vale a pena homenageá-los.

Mas, igualmente, sei que foi precioso para esta história o contato com adolescentes de minha família que gostam de jogos eletrônicos e me mostraram como eles podem ser interessantes. E isso ainda veio se misturar com experiências de minha vida. Rádio, por exemplo. Como jornalista, trabalhei em rádio durante dez anos: três em Londres, na BBC, e sete no Brasil, onde chefiei o departamento de jornalismo da Rádio Jornal do Brasil e tinha um programa diário. E, embora eu esteja escrevendo livros e histórias há quase quarenta anos, nunca tinha falado disso diretamente numa obra de ficção. Quer dizer, em romances para adultos já examinei as disputas pelo poder que ocorrem dentro de uma redação. Mas nunca tinha falado de rádio mesmo. Quando tive a ideia de trazer para este relato o personagem que tem um programa numa rádio comunitária, me senti muito à vontade. Sei como é e como funciona, já era mais do que hora de dar espaço para essa experiência. E lá veio o rádio se juntar aos outros temas, aos outros tempos, à escrita e aos pincéis.

Me inspirei também nas crônicas da conquista e da colonização de nossa América Latina, que registraram esse processo de dores e violência, esse encantamento com uma natureza paradisíaca, esses encontros e desencontros que caracterizam nossa história — e que me atraem desde que, aos dezenove anos, fui ao México pela primeira vez e visitei ruínas arqueológicas e museus.

Daí que esta celebração da linguagem e da palavra escrita acaba tendo tantas vertentes diferentes. Como uma infinita rede de mensagens que chegam de toda parte para cada um de nós, a todo instante, enviadas pela própria História da humanidade. Tomara que o leitor possa também participar de alguma forma dessa sensação: a de pertencer a algo muito maior, que vai ser passado para outras gerações um dia. É emocionante sentir isso.

Ana Maria Machado, ao lado de seus quadros. A pintura, assim como a escrita, é uma das paixões de sua vida.

Obras de Ana Maria Machado

Em destaque, os títulos publicados pela Ática

PARA LEITORES INICIANTES

Banho sem chuva
Boladas e amigos
Brincadeira de sombra
Cabe na mala
Com prazer e alegria
Dia de chuva
Eu era um dragão
Fome danada
Maré baixa, maré alta
Menino Poti
Mico Maneco
No barraco do carrapato
No imenso mar azul
O palhaço espalhafato
Pena de pato e de tico-tico
O rato roeu a roupa
Surpresa na sombra
Tatu Bobo
O tesouro da raposa
Troca-troca
Um dragão no piquenique
Uma arara e sete papagaios
Uma gota de mágica
A zabumba do quati

PRIMEIRAS HISTÓRIAS

Alguns medos e seus segredos
A arara e o guaraná
Avental que o vento leva
Balas, bombons, caramelos
Besouro e Prata
Beto, o Carneiro
Camilão, o comilão
Currupaco papaco
Dedo mindinho
Um dia desses...
O distraído sabido
Doroteia, a centopeia
O elefantinho malcriado
O elfo e a sereia

Era uma vez três
Esta casa é minha
A galinha que criava um ratinho
O gato do mato e o cachorro do morro
O gato Massamê e aquilo que ele vê
Gente, bicho, planta: o mundo me
    encanta
A grande aventura de Maria Fumaça
Jabuti sabido e macaco metido
A jararaca, a perereca e a tiririca
Jeca, o Tatu
A maravilhosa ponte do meu irmão
Maria Sapeba
Mas que festa!
Menina bonita do laço de fita
Meu reino por um cavalo
A minhoca da sorte
O Natal de Manuel
O pavão do abre e fecha
Quem me dera
Quem perde ganha
Quenco, o Pato
O segredo da oncinha
Severino faz chover
Um gato no telhado
Um pra lá, outro pra cá
Uma história de Páscoa
Uma noite sem igual
A velha misteriosa
A velhinha maluquete

PARA LEITORES COM ALGUMA
HABILIDADE

Abrindo caminho
Beijos mágicos
Bento que Bento é o frade
Cadê meu travesseiro?
A cidade: arte para as crianças
De carta em carta
De fora da arca
Delícias e gostosuras
Gente bem diferente
História meio ao contrário

O menino Pedro e seu Boi Voador
Palavras, palavrinhas, palavrões
Palmas para João Cristiano
Passarinho me contou
Ponto a ponto
Ponto de vista
Portinholas
A princesa que escolhia
O príncipe que bocejava
Procura-se Lobo
Que lambança!
Um montão de unicórnios
Um Natal que não termina
Vamos brincar de escola?

LIVROS DE CAPÍTULOS

Amigo é comigo
Amigos secretos
Bem do seu tamanho
Bisa Bia, Bisa Bel
O canto da praça
De olho nas penas
Do outro lado tem segredos
Do outro mundo
Era uma vez um tirano
Isso ninguém me tira
Mensagem para você
O mistério da ilha
Mistérios do Mar Oceano
Raul da ferrugem azul
Tudo ao mesmo tempo agora
Uma vontade louca

TEATRO E POESIA

Fiz voar o meu chapéu
Hoje tem espetáculo
A peleja
Os três mosqueteiros
Um avião e uma viola

LIVROS INFORMATIVOS

ABC do Brasil
Os anjos pintores
Explorando a América Latina
Manos Malucos I
Manos Malucos II
O menino que virou escritor

Na praia e no luar, tartaruga quer o mar
Não se mata na mata: lembranças de
  Rondon
Piadinhas infames
O que é?

HISTÓRIAS E FOLCLORE

Ah, Cambaxirra, se eu pudesse...
O barbeiro e o coronel
Cachinhos de ouro
O cavaleiro do sonho: as aventuras e
  desventuras de Dom Quixote de la
  Mancha
Clássicos de verdade: mitos e lendas
  greco-romanos
O domador de monstros
Dona Baratinha
Festa no Céu
Histórias à brasileira 1: a Moura Torta e
  outras.
Histórias à brasileira 2: Pedro Malasartes
  e outras
Histórias à brasileira 3: o Pavão Misterioso
  e outras
João Bobo
Odisseu e a vingança do deus do mar
O pescador e Mãe d'Água
Pimenta no cocuruto
Tapete Mágico
Os três porquinhos
Uma boa cantoria
O veado e a onça

PARA ADULTOS

Recado do nome
Alice e Ulisses
Tropical sol da liberdade
Canteiros de Saturno
Aos quatro ventos
O mar nunca transborda
Esta força estranha
A audácia dessa mulher
Contracorrente
Para sempre
Palavra de honra
Sinais do mar
Como e por que ler os clássicos universais
  desde cedo

Da autora, leia também

Coleção **anamaria machado**

Amigos secretos
O canto da praça
Do outro mundo
Isso ninguém me tira
O mistério da ilha
Uma vontade louca